डिलीवरी बॉय

(बाल कथा संग्रह)

शीतल पँवार वर्मा

अंजुमन प्रकाशन

अंजुमन प्रकाशन
942, मुट्ठीगंज, प्रयागराज-3 उत्तर प्रदेश, भारत
www.anjumanpublication.com
contact@anjumanpublication.com

मूल्य भारत में : ₹ 80
मूल्य विदेश में : $ 8

प्रथम संस्करण अंजमुन प्रकाशन द्वारा 2019 में प्रकाशित
सर्वाधिकार टेक्स्ट © शीतल पँवार वर्मा 2019
सर्वाधिकार © अंजुमन प्रकाशन 2019

आवरण : काप्तान, इन्दौर
टाइप सेटिंग : अंजुमन प्रकाशन
भारत में मुद्रित व जिल्दबंद

ISBN : 978-93-88556-30-9

समर्पण

मेरी यह किताब आप सभी बच्चों को समर्पित है; लेकिन मैं मूल रूप से इस किताब को अपनी बेटियों (आरुषी और इनाया) को समर्पित करती हूँ, जिनके लालन-पालन से समय चुराकर मैं अपनी कहानियों को समय देती हूँ।

पुस्तक-परिचय

किताब में कहानियाँ पूरी तरह से काल्पनिक हैं, जिनका उद्देश्य केवल मनोरंजन देना है। पुस्तक और उसके पात्र, पूर्ण रूप से बच्चों को सोचकर लिखे गये है। यह पुस्तक दस अलग-अलग कहानियों का एक संग्रह है, जिसमें किसी कहानी में पहाड़ों की सुन्दरता और सादे जीवन का बखान है, तो दूसरी कहानी, शहर में दौड़ती-भागती ज़िन्दगी उजागर कर रही है, अन्य कहानी गाँव का सुंदर चित्र प्रस्तुत करने में समर्थ रहेगी। एक कहानी के माध्यम से पेड़-पौधों का महत्त्व बताया है, तो अन्य कहानी में एक मित्र को दूसरे मित्र से मिले धोखे का ज़िक्र है और एक कहानी में गरीबी के कारण घुटते बचपन पर प्रकाश डाला है।

अपनी बात

मैं आशा करती हूँ कि मेरी लिखी कहानियाँ पाठकों को खूब पसन्द आएँगी। मैं निरन्तर अपनी कहानियों के माध्यम से अपने पाठकों का मनोरंजन करते रहना चाहती हूँ। मेरा कहानी लिखने का उदेश्य अपनी बात पाठकों तक पहुँचाना है। यह कहानियाँ पूर्ण रूप से केवल मेरी कल्पनाएँ हैं। अन्त में मेरी पुस्तक को अपना मूल्यवान समय देने के लिये मैं आप सबका दिल से धन्यवाद करती हूँ।

शीतल पँवार वर्मा

अनुक्रम

सुन्दर नगर की सैर

रामगोपाल पूरे एक वर्ष के उपरांत अपनी बेटी के घर दिल्ली जा रहा था। रामगोपाल ने बेटी रितु और दामाद को कई दफा मिलने के लिए सुंदर नगर बुलाया, पर दोनों का अपनी व्यस्त नौकरी के कारण पिता से मिलने जाना सम्भव ही नहीं हो रहा था, इसलिए रामगोपाल ने खुद ही दिल्ली आने का सोच लिया।

कितना समय हो गया बच्चों से मिले। जुगल तो अब आठ वर्ष का हो गया होगा, मेरे आवाज लगातें ही भागा-दौड़ा चला आएगा। रामगोपाल मन ही मन यह सोच

मुस्कुरा रहा था। रात भर की लम्बी यात्रा के बाद वह सुबह अपनी बेटी के शहर दिल्ली पहुँच गया। बस की सीट आरामदायक तो थी, पर रामगोपाल को यात्रा के दौरान नींद नहीं आती थी, इसलिए बस के अड्डे पर रुकते ही वह सबसे पहले उतर गया। बस अड्डे के पास कई रिक्शा वाले खड़े थे, जिनमें से रामगोपाल ने एक से पूछा ''भाई, हनुमान गली जाने के कितने पैसे लेते हैं आप ?''

रिक्शा वाला बोला ''सौ रुपया।''

''सौ रुपया! भैया कोई लूट मची है क्या।'' रामगोपाल ने हैरानी के साथ आवाज भारी करते हुए पूछा।

''चलना है तो इतने में ही चलूँगा, नहीं तो कोई और देखो'' रिक्शा वाला धौंस दिखाते हुआ बोला।

रामगोपाल ने कई रिक्शा वालों से चलने को कहा, लेकिन हर एक के अपने ही अलग नखरे थे और वहाँ खड़े सभी रिक्शा वाले, हनुमान गली के यही दाम बोल रहे थे। रामगोपाल थका हुआ था और उसकी बीवी(रितु की माँ) ने बेटी के लिए इतना सामान भेज दिया था, कि उसे उठाये वह कहीं ज्यादा चल फिर न सकता था, इसलिए बोला ''चलो भाई चलो, तुम्हें सौ रुपये ही दे दूँगा... अच्छा भाई, ज़रा सामान ऊपर रखवा दो।''

रखवा दूँगा साहब, लेकिन बीस रुपया अलग से देने

होंगे।

"रहने दो भैया, ज़रा रुको मैं खुद ही सामान उठाता हूँ।" सामान रखते हुए रामगोपाल को पीछे से अचानक किसी व्यक्ति का धक्का लग गया। "अरे अरे! भैया ज़रा देखकर, मेरा सामान रखा है।" रामगोपाल बोला, लेकिन व्यक्ति जल्दी में था, उसने रुककर रामगोपाल से माफ़ी तक न माँगी। सामान रख, रामगोपाल रिक्शा में बैठ गया। उसने सोचा यह बड़े शहर भी अजीब होते हैं; अभी तो दिन की शुरूआत हुई है और यहाँ के लोग इस प्रकार दौड़ रहे हैं जैसे शाम ढलने के बाद कोई काम न होगा; पता नहीं रितु यहाँ कैसे रहती होगी। हाँ, लेकिन अब तो उसे काफी साल हो गये हैं, बेचारी ने खुद को ढाल ही लिया है यहाँ के वातावरण और भागती ज़िन्दगी में। यह सब सोचते, वह बेटी के घर तक पहुँच गया। घर के बाहर रिक्शा से उतर, उसने अपने प्यारे नाती जुगल को आवाज लगायी, लेकिन जुगल घर के बाहर नहीं आया। नाना के महीनों बाद आने पर भी उनका कोई स्वागत नहीं था, यह सोच वह निराश, मुँह बिचकाये अन्दर चला आया, आखिर बाहर कब तक खड़ा रहता।

रामगोपाल भीतर पहुँचा, तो नाती जुगल को देखकर अचम्भित हो गया, क्योंकि दुबला-पतला जुगल, अब काफी मोटा हो गया था और उसकी तोंद भी निकल आयी थी तथा अपने आस-पास से बेखबर, किसी बड़े से फोन में

व्यस्त था। कमरे में खड़े रामगोपाल को कुछ सेकेण्ड बीत गये थे। अब उसने अपनी बेटी को फिर से आवाज लगायी। पिता की आवाज सुन बेटी भागी चली आयी। रामगोपाल बेटी को देख मुस्कुरा उठा। रितु इतने वर्ष बाद पिता से मिली, तो गले लग गयी, लेकिन जुगल तो नाना को देखकर भी भागा नहीं आया, इसलिए वह खुद ही जुगल के पास जा बैठा और बोला ''ओ छोटे नवाब! लगता है तू नाना को भूल गया... और यह क्या, सवेरे-सवेरे मोबाइल फोन...। रामगोपाल के इतना पूछने से जुगल बोला ''क्या नाना जी, आपके कारण मैं गेम में हार गया, इतनी देर से तो मैं ही जीत रहा था।'' रामगोपाल, जुगल की बात सुनकर थोड़ा दुःखी हो गये। उसे सालों बाद नाना के मिलने की कोई खुशी ही नहीं थी, बल्कि वह तो मोबाइल के खेल में हारने से दुःखी था। तभी बेटी रितु, पिता के लिए नाश्ता ले आयी। रामगोपाल नाश्ता करते समय बेटी से हाल-चाल पूछ बैठा। पिता के हालचाल पूछने पर उसने कहा कि वह आजकल काफी परेशान रहती है; जुगल की पढ़ाई को लेकर उसे काफी चिंता है, क्योंकि वह पढ़ने-लिखने में काफी पीछे हो गया है।

रितु की बात सुन रामगोपाल भी परेशान हो गये। वह समझ नहीं पा रहे थे कि जुगल कुछ वर्ष पहले तक बहुत होशियार था तथा खेल कूद और पढ़ाई-लिखाई दोनों में ही जुगल के मुकाबले कोई नहीं था... फिर एक दो साल में

इतना बदलाव कैसे आ गया।

रामगोपाल वैसे तो कुछ घण्टों के लिए दिल्ली आये थे, लेकिन जब बेटी रितु ने उनसे कुछ दिन रुकने को कहा, तो वह मना न कर पाये। इतने समय बाद बच्चों से मिलने पर उनका भी मन खूब सारी बातें करने का था और अब रुकना भी ज़रूरी हो गया था... आखिर नाती जुगल की बढ़ती तोंद और पढ़ाई में लापरवाही का पता भी तो लगाना था।

दोपहर का खाना खाकर रामगोपाल कुछ समय के लिए सो गये। सोकर उठे तो उन्होने सोचा कि चाय पीकर जुगल के साथ थोड़ी दूर सैर कर आता हूँ। उन्होंने बेटी रितु से चाय पीने की इच्छा जतायी। रितु ने जल्दी से पिताजी के लिए चाय और समोसे तल दिये। चाय पीते ही रामगोपाल ने रितु से जुगल के बारे में पूछा, तो रितु ने बताया "पिताजी, जुगल शायद लैपटाप पर कुछ प्रोजेक्ट बना रहा है।"

"अरे! दिन रात केवल फोन, टेलिविजन और लैपटाप।" रामगोपाल ने नाक सिकोड़ते और भौं ऊँची करते हुए पूछा।

"पिताजी, आजकल टेक्नॉलजी का ही तो जमाना है और वैसे भी बाहर इतना प्रदूषण है, बच्चे को बाहर कैसे भेजूँ।

“सो तो है रितु, लेकिन फिर भी जो बात कुदरत में है और कहीं नहीं है।’’ इतना कह रामगोपाल सैर को निकल पड़े।

वापस आये तो पूछे बिना रह न जाए ‘‘रितु, घर के पास जो पार्क हुआ करता था, उसका क्या हुआ?

‘‘जी पिताजी, कुछ आठ दस महीने पहले उस पार्क को हटा दिया गया है।’’

‘‘पार्क को हटा दिया! पर क्यों?’’

‘‘पिताजी, वहाँ शादी-ब्याह के लिए एक हॉल तैयार किया गया है।

‘‘शादी-ब्याह के लिए हॉल, यह तो ठीक नहीं... घर के आसपास पेड़-पौधे होने चाहिए; यहाँ शहर में तो वैसे भी हरियाली देखने को आँखें तरसती हैं और अगर इस प्रकार पार्क, बाग़-बग़ीचे भी न रहे तो शहर में तो इन्सानों का दम घुट जाएगा।’’

‘‘पापाजी, यहाँ पार्क में जाने के लिये किसी के पास टाइम कहाँ।’’

‘‘सैर-सपाटे के लिए ‘ट्रेडमिल’ जैसी मशीनें है और बड़े-बड़े जिम जहाँ एयर कंडीशनर लगे हुए हैं, फिर कोई भला पार्क आदि में क्यों जाएगा।’’

"पर बेटी, प्रकृति का मुक़ाबला इन सबसे कहाँ।"

"पापा जी, लोगों को पार्टी और शादी के लिए दूर जाना पड़ता था, इसलिए आस-पास के लोगों की सहमति से वहाँ हाल बनवाया गया है।"

लेकिन इस हॉल के रिहायशी इलाक़े में होने से काफी नुक़सान होता होगा, गाने-बजाने की आवाज से जीवनचर्या पर प्रभाव पड़ता होगा।

"सो तो है पापाजी, लेकिन अब हर चीज़ के कुछ नुक़सान और फ़ाइदे दोनों होते हैं।"

इतने में अतुल घर पहुँच गया। रामगोपाल को देख वह खुश हुआ और बोला "पापाजी बड़ा ही अच्छा लग रहा है आपसे इतने दिनों बाद मिलकर।"

"सही में अतुल, मेरा भी हृदय कई दिनों से तुम सबसे मिलने को बेचैन था।

इतनी देर में रितु ने सबके लिए गरमागरम खाना परोसा। तभी जुगल बोला "पापाजी, वह मेरा मनपसन्द प्रोग्राम चला दीजिए।"

जुगल के कहते ही अर्जुन ने समाचार हटा, कार्टून चला दिया और खुद फोन में बातचीत करने में लग गया। नानाजी भोजन के समय टेलिविजन देखना बिल्कुल उचित नहीं समझते थे, इसलिए बोल पड़े "अरे जुगल बेटा,

कार्टून क्यों; खाना खाते समय टेलिविजन बिल्कुल सही नहीं है।'' रामगोपाल को बीच में ही टोकते हुए अर्जुन बोला, ''पिताजी, कोई बात नहीं, दिन भर जुगल अन्य कार्यों में व्यस्त रहता है, कुछ देर टेलिविजन देख लेगा तो क्या बुरा है।''

''बुरा तो कुछ नहीं, लेकिन... रामगोपाल बोलते-बोलते चुप हो गये। वह समझ गये थे कि खुद अतुल, खाने की मेज पर बैठा दोस्त से गपिया रहा है, इसलिए उसकी बात को वह अभी न समझेगा।

अर्जुन और रामगोपाल को खाना खाए काफी देर हो गयी थी, लेकिन जुगल की थाली में परोसा खाना वैसे का वैसा ही था, जिसे देख नाना ने कहा ''जुगल और कितनी देर; खाना ठंडा और बेस्वाद हो गया होगा।''

''पिताजी, जुगल तो पूरे घण्टा भर में खाना समाप्त करता है, जब तक यह कार्टून देखता है।'' रितु ने कहा।

''यह क्या! यह तो बड़ी विचित्र-सी बात है; एक घण्टा।'' अब रामगोपाल को समझ आ रहा था कि व्यस्त माता-पिता के पास बेटे जुगल के लिए समय नहीं है और इसीलिए बेचारा जुगल, टेलिविजन और फोन जैसे उपकरणों का आदी हो गया है तथा लापरवाह और आलसी होता जा रहा है। न सैर न सपाटा और पूरे दिन बैठे रहने के कारण उसका शरीर थुलथुला होता जा रहा है। रामगोपाल

को तो सब समझ आ रहा था, लेकिन वह रितु, अर्जुन और खुद जुगल को कैसे समझाता।

रामगोपाल, नाती जुगल को फिर से मेहनती, चुस्त और पढ़ने-लिखने में अव्वल बनाना चाहते थे, इसलिए बेटी से बोले "रितु, जुगल की गर्मी की छुट्टियाँ कब पड़ रही हैं?"

"पिताजी आज ही स्कूल का आखिरी दिन था, कल से स्कूल दो महीने के लिए बन्द हो रहे हैं।"

"यह तो बहुत अच्छी बात है; अगर कल से जुगल की छुट्टियाँ पड़ रही हैं, तो क्यों न तुम सब मेरे साथ छुट्टियों में सुंदरनगर चल पड़ो।"

"पिताजी, सुंदरनगर आने का बहुत मन है; माँ से मिले काफी समय हो गया है, लेकिन अर्जुन के ऑफिस में ट्रेनिंग है और फिर उन्हें दो दिन के लिए आगरा भी जाना है; इस समय यदि मैं घर पर नहीं रही तो उन्हें मेरे बिना दिक्कत का सामना करना पड़ेगा और मैंने अभी कुछ दिन पहले ही अपने दफ्तर से छुट्टियाँ ली थी, इतनी जल्दी दोबारा छुट्टी मिलना मुमकिन भी नहीं है पिताजी।"

"हर बार की तरह इस बार भी तुम बहाना बना रही हो रितु।"

"पापाजी आपसे क्या छिपाऊँ, घर की जिम्मेदारियाँ

इतनी हो गयी हैं... लेकिन पिताजी आप क्यों न कुछ और दिन के लिए यहाँ रुक जाएँ; आप यहाँ रहेंगे तो मुझे और जुगल को बहुत अच्छा लगेगा।''

"नहीं बिटिया, एक पिता का ज़्यादा दिन अपनी बेटी के घर रुकना सही नहीं होता है और वहाँ तुम्हारी माँ (सिमरन) भी अकेली है। रितु बेटी, क्यों न जुगल मेरे साथ कुछ दिनों के लिए सुंदर नगर चल पड़े; वैसे भी यहाँ इतनी गर्मी है और अब आगे पारा और बढ़ेगा। इस समय सुंदर नगर का मौसम बड़ा अच्छा रहता है, मुझे विश्वास है, जुगल को सुंदर नगर के सुहावने मौसम में बहुत आनंद आयेगा।

"हाँ पिताजी, आप सही कह रहे हैं; मैं जुगल को आपके साथ गर्मियों की छुट्टियों में सुंदरनगर भेज देती हूँ, यही सही रहेगा।

मम्मी और नानू की बातें कान में पड़ते ही वह खुशी से उछल पड़ा। "सुंदर नगर नानू के साथ... मैं ज़रूर जाऊँगा; मैंने पिछले हफ्ते ही अपनी हिन्दी पाठमाला में हिमाचल प्रदेश के इस प्रसिद्ध शहर के बारे में पढ़ा था, वहाँ जाना मेरा सपना है।'' जुगल ने उत्सुकता से कहा।

जुगल की अपने साथ सुंदरनगर जाने की इच्छा को देखकर रामगोपाल मुस्कुराया। रात को माँ ने जुगल का सामान पिताजी के सामान के साथ बाँध दिया। अगली

सुबह रामगोपाल और जुगल, सुंदर नगर के लिए निकल गये। रितु ने जाने से पहले जुगल को समझाया कि वह नानू को ज़्यादा परेशान न करे और उनकी उम्र का ध्यान रखे... लेकिन सच तो यह था रामगोपाल बुजुर्ग भले हो गये थे, बावजूद इसके वह बेटी और दामाद से अधिक स्वस्थ थे, अभी भी घण्टों खेतों में समय बिताते थे।

घर से निकलने से पहले माँ ने जुगल को खूब खाना ठूँस दिया था... इतना, कि गाड़ी में बैठते ही वह सो गया। जब आँख खुली तो एक बड़ा-सा गुरुद्वारा रास्ते में पड़ा, जहाँ रामगोपाल, ड्राइवर से गुरुद्वारे के किनारे पर गाड़ी खड़ी करने को कह रहे थे। रामगोपाल ने नाती जुगल से गुरुद्वारे के भीतर दर्शन करने के लिए पूछा।

''गुरुद्वारा! जुगल ने कहा।'' हाँ नानू, मैं गुरुद्वारे में जरूर जाऊँगा, नानू मेरा दोस्त शुभम अक्सर दिल्ली के बँगला साहिब जी गुरुद्वारे की बात करता है।

''अच्छा तो तुम वहाँ नहीं गये? रामगोपाल ने पूछा।

'नहीं।' नानू जुगल ने उदास होकर जवाब दिया।

''अरे इसमें उदास होने की तो कोई बात नहीं; चलो आज हम इस गुरुद्वारे में ही चलते हैं।'' नानाजी ने जुगल को बताया कि यह गुरुद्वारा 'कीरतपुर साहिब जी' है, जिसकी स्थापना 1627 ई0 में सिक्ख गुरू हरगोबिन्द

साहिब जी ने की था। इसके बाद दोनों ने भीतर जाकर सर झुकाया और फिर आगे के लिए चल दिये। गाड़ी थोड़ी ही दूर चली थी कि जुगल को सामने पहाड़ दिखाई देने लगे। सामने पहाड़ों को देख वह गुदगुदा रहा था। यह पहली दफा था जब जुगल किसी पहाड़ी इलाक़े में जा रहा था। जल्दी ही रास्ता घुमावदार हो गया। रास्ते के घुमावदार होने के कारण गाड़ी कभी इस ओर तो कभी उस ओर मुड़ रही थी। जुगल को घुमावदार रास्ता बड़ा ही रोमांचक प्रतीत हो रहा था। वह हँसते हुए नानू से बोला। ''पता है नानू, मैं परसों ही अपने फोन में एक ऑनलाइन गेम खेल रहा था, उसमें चलने वाली गाड़ियाँ भी कुछ इसी प्रकार के रास्ते से गुजर रही थीं।''

जुगल की बात सुन रामगोपाल बोले ''अच्छा जुगल, यह तो अच्छी बात है, लेकिन मैं एक बात दावे के साथ कह सकता हूँ कि उन गाड़ियों को चलता देख इतना मजा नहीं आया होगा, जितना खुद गाड़ी में सवार होकर ऐसे रास्ते का अनुभव करने में आ रहा है।'' नानू की बात जुगल को सही लग रही थी। सचमुच, ऑनलाइन खेल में वो मजा न था जो उसे खुद के अनुभव में आ रहा था।

जुगल ने गाड़ी की खिड़की से बाहर झाँका तो ऊँचे पहाड़ों ने उसका मन मोह लिया। वह पहाड़ों को निहारता हुआ बोला ''नानू, मुझे तो अब ऐसा लग रहा है जैसे मैं किसी हवाई जहाज़ में उड़ रहा हूँ।'' रामगोपाल, जुगल की

बातें सुनकर कभी मुस्कुराते तो कभी हँस देते। रास्ते में जुगल ने कई प्रकार के पेड़-पौधे देखे, जो दिल्ली शहर में उसने कभी नहीं देखे थे।

सुंदरनगर अभी शुरू ही हुआ था कि जुगल फिर बोल पड़ा ''नानू सचमुच आपका शहर तो बहुत ही सुंदर प्रतीत हो रहा है।''

''हाँ जुगल, सुंदरनगर सचमुच बहुत सुंदर है, यह हिमाचल प्रदेश के जिला मंडी में आता है।''

''मंडी? नानू मंडी?''

''हाँ, हर राज्य में कई जिले होते हैं; हिमाचल प्रदेश में कुल बारह जिले हैं। सुन्दर नगर जिला मंडी से लगभग बीस बाईस किलोमीटर पर है, यहाँ कई प्राचीन मंदिर हैं, मौका मिलेगा तो मैं तुम्हें सब दिखाऊँगा।

''जुगल, हमारा भारत एक सुंदर देश है, जिसके उत्तर में ऊँचे पहाड़ हैं, तो दक्षिण में गहरा सागर तथा पश्चिम में रेगिस्तान और पूरब में घने जंगल हैं। लेकिन बेटा, हमारे देश की सुन्दरता ख़तरे में है; अब केवल पहाड़ी इलाके ही बचे हैं, जहाँ हम थोड़ी हरियाली या स्वच्छता की उम्मीद कर सकते हैं, बड़े शहरों में तो अब दम घुटता है... कारखानों और वाहनों से निकलने वाला धुँआ इतना बढ़ गया है कि वहाँ साँस लेना भी मुश्किल है। बड़े शहरों के

मुकाबले यहाँ पहाड़ी इलाक़े के व्यक्ति सादगी को महत्त्व देते हैं और वहाँ शहरों में दौड़ते लोगों के पास तो अपने लिए भी समय नहीं है। लेकिन जुगल बेटा, हम पहाड़ी इलाके में रहने वाले लोग भी अब ज़्यादा खुशनसीब नहीं रहे; शहर से आने वाले व्यक्ति हमारे सुंदर, श्वेत बर्फ़ीले पहाड़ों को भी प्रदूषित करते जा रहे हैं। हर साल पर्यटक इस सीज़न के शुरू होते ही पहाड़ों में छुट्टियाँ बिताने भारी संख्या में आते हैं और जब सीज़न समाप्त होता है तो जगह-जगह गन्दगी दिखाई देने लगती है।

"पर कुछ भी हो नानू, आपका शहर हमारे शहर के मुकाबले बहुत सुंदर है।" नानू और जुगल रास्ते भर सुंदरनगर की खूबसूरती की बातें करते रहे और बातों ही बातों में घर पहुँच गए। घर के बाहर एक बड़ी-सी खाली जगह थी, जहाँ नानू पसंदीदा फल सब्जियाँ उगाते थे।

जुगल पहली दफा सुंदर नगर आया था और रामगोपाल का घर देख बोला "नानू, आपका घर तो बहुत प्यारा है; बड़ी-बड़ी हवादार खिड़कियाँ; इन खिड़कियों से तो खूब हवा आती होगी और इतना बड़ा मैदान।"

"हाँ बेटा, यहाँ पहाड़ी इलाके में मकान इसी प्रकार से बनाये जाते हैं, बड़े-बड़े खुले हवादार रोशनदान व खिड़कियाँ तथा दरवाजे, जिनमें से शीतल हवा और सूर्य की किरणें बराबर घर में आती रहे। शहरों में तो सूर्य की

किरणें दिखती ही नहीं; आसमान छूती इमारतों में सूरज तो कहीं छुपा ही रहता है और खिड़कियों से वाहनों का काला धुँआं, जहरीली हवा तथा अनेक बीमारियाँ आती हैं; लेकिन यहाँ पहाड़ों में अभी भी हम प्रकृति की सुंदर रचना देख सकते हैं। बढ़ते प्रदूषण का तो यहाँ पर भी प्रभाव देखने को मिलता है, लेकिन फिर भी बड़े शहरों के मुकाबले कम है। रामगोपाल की आवाज सुनकर अन्दर से नानी बोली ''अरे, बाहर खड़े किससे बातें कर रहे हैं गोपाल जी आप?''

''सिमरन जी, बाहर आकर तो देखो, खुद ही पता चल जाएगा। सिमरन बाहर आयी तो आठ वर्ष के जुगल को पहचान न सकी। ''यह कौन है गोपाल जी?'' दिमाग पर ज़ोर लगाते हुए सिमरन ने प्रश्न किया।

''अरे सिमरन, कैसी बातें कर रही हो, अपने नाती को नहीं पहचान रही हो; मुझे लगता है तुम्हारी ऐनक बनवानी पड़ेगी।

सिमरन, जुगल को देख हैरान थी और उसे बिलकुल न पहचान रही थी। जुगल अब मोटा हो गया था, लेकिन कुछ समय पहले तो वह बिल्कुल दुबला-पतला हुआ करता था। कुछ भी हो, नाती आया था काफी समय बाद, इसलिए जुगल का नाम सुनते ही सिमरन उसे गले से लगाकर बलाएँ लेने लगी।

पहले दिन तो जुगल ने खूब आराम किया। यह दूसरा दिन था। जुगल कमरे की खिड़की से बाहर देख कुछ सोच रहा था कि तभी नानू पीछे से आ गये ''बेटा जुगल, बाहर क्या निहार रहे हो, सुंदर पहाड़?

''नानाजी... पहाड़ सुन्दर तो है, पर यह न बोलते हैं, न ही कुछ करते हैं... बस ऐसे ही बेजान विशाल खड़े हैं। जुगल अभी तुमने इन पहाड़ों को ढंग से जाना ही नहीं, जान जाओगे तो ऐसा नहीं बोलोगे।

''नाना जी मुझे अपना मोबाइल फोन याद आ रहा है, उससे मेरा अच्छा समय निकल जाता है।

''मोबाइल फोन? मोबाइल फोन भी कोई याद करता है क्या; यह तो केवल उपयोग का साधन है, हमारा सखा या मित्र नहीं है। नानाजी ने जुगल के सर पर हाथ फेरते हुए कहा ''चलो जुगल हम सैर पर चलते हैं; सैर करते समय तुमको सुंदर पहाड़ भी तो दिखाने हैं। रामगोपाल को शाम की सैर बहुत प्रिय थी और आज तो जुगल का साथ भी मिलने वाला था, इसलिए सैर का मजा दुगना होने वाला था। लेकिन घर से थोड़ी ही दूर चलने पर जुगल की साँस फूलने लगी। वह अपने भारी शरीर के कारण अब और नहीं चल सकता था।

ना...ना... ना...ना नानाजी, अब और नहीं, चलिए वापस चलते हैं।'' जुगल हाँफते हुए बोला।

"अरे जुगल क्या हुआ? अभी से वापस; अभी तो हम मात्र कुछ मीटर ही चले हैं। पूरा एक किलोमीटर भी नहीं और तुम इतना हाँफ गये।

"हाँ नानाजी, आपके पहाड़ों की चढ़ाई करना मेरे बस की बात नहीं।"

"लेकिन तुम तो बच्चे हो और बच्चे तो झटपट कहीं भी चढ़ जाते हैं... और देखो मैं बूढ़ा हूँ, लेकिन फिर भी थकान से कोसों दूर हूँ।

"नानाजी आपकी बात और है, आप यहाँ की गलियों और रास्तों से अच्छे से परिचित हैं, मैं नहीं हूँ।"

'तो क्या हुआ बेटा, हूँ तो बूढ़ा ही न।' नानाजी ने हँसते हुए कहा।

नानाजी की बातों ने जुगल को सोचने पर मजबूर कर दिया। सचमुच नाना जी तो बूढ़े हैं, पर खूब आराम से, बिना थके चले जा रहे हैं।

रामगोपाल आगे-आगे तेज-तेज कदम दौड़ा रहे थे और जुगल की रफ़्तार धीरे और धीरे होती जा रही थी, साथ ही साँस फूल रही थी... लेकिन रामगोपाल ने तो एक भी बार रुककर आराम नहीं किया। उन्हे देख ऐसा लग रहा था जैसे अभी वह और मीलो चल सकते है। रामगोपाल पहाड़ की तंग घुमावदार गलियों में हवा से बातें करते आगे-

आगे चला जा रहा था और जुगल पीछे-पीछे जैसे तैसे घर तक लौट आया।

अब जुगल काफी थक गया था। नानी ने थके जुगल को देख, प्यार से कहा ''मेरे प्यारे जुगल, लगता है आज तू कुछ ज़्यादा ही थक गया।'' जिसके जवाब में जुगल बोला ''नानी थक गया; नानू ने तो मुझे पूरा ही निचोड़ डाला, मैं इससे पहले कभी इतना नही चला हूँ, आज तो मेरे जूते भी मुझसे नाराज होंगे।'' जुगल की बातें सुन सिमरन को हँसी आ गयी और हँसते हुए बोली ''कोई बात नहीं बेटा, मैं अभी तेरे लिए खाना परोसकर लाती हूँ, गरमागरम खाना खाकर तू थोड़ा आराम कर लेना।''

नानी ने जुगल के लिए खास मिट्टी की एक छोटी-सी हाँड़ी में पालक का साग बनाया था, जिसका ढक्कन खोला तो पूरे घर में खाने की खुशबू फैल गयी। साग में नानी ने हींग और लहसुन का तड़का भी लगाया था और साथ ही गोल-गोल गरम-नरम रोटी, जिस पर शुद्ध देसी घी लगा था।

जुगल ने शहर में भी पहले कई दफा पालक का साग खाया था, पर उसमें कभी इतनी सुगन्ध नहीं होती थी। माँ दफ्तर जाती थी, तो घर की नौकरानी ही खाना बनाती थी... लेकिन उसके बनाये खाने में न स्वाद था और न ही कोई सुगन्ध।

नानी ने साग व रोटी का एक निवाला जुगल के मुँह में डाला। निवाला मुँह में जाते ही वह तुरन्त बोल पड़ा ''वाह नानी, यह तो बड़ा ही स्वाद है! आज तो मजा आ गया।''

''स्वाद तो होगा ही जुगल बेटा; ताजे पत्ते अभी बाहर से तोड़े हैं; मिट्टी की हाँड़ी में धीमे-धीमे इसे पकाया है। मिट्टी की हाँड़ी में बनाने से इसका स्वाद बढ़ जाता है और इसके पौष्टिक गुण भी समाप्त नहीं होते, साथ ही हींग और लहसुन का तड़का इसका स्वाद और सुगन्ध दुगुनी कर देता है।'' सिमरन मुसकुराती हुई बोली।

जुगल ने खूब पेट भरकर खाना खाया। वह इतना भूखा था कि खाना खाने के लिये किसी कार्टून देखने की ज़रूरत ही नहीं लगी। रात को भी वह मोबाइल के बिना ही सो गया। सैर के कारण वह काफी थक गया था, इसलिए पलँग पर लेटते ही उसकी आँख लग गयी।

अगली सुबह सात बजे नानी ने खिड़की से परदा हटा दिया। परदा हटाते ही सूर्य की किरणें सीधा जुगल के मुँह पर आ पड़ीं, जिसके कारण उसकी नींद टूट गयी। वह परदा लगाने के लिए खिड़की की ओर भागा, तो बाहर का नजारा देख चौंक गया। मैदान की हरी घास पर ओस की बूँदें पड़ी थीं, जो सूर्य की किरणों के कारण चमचमा रही थीं। वह ऐसे प्रतीत हो रही थीं जैसे किसी ने हरी चादर पर टिमटिमाते मोती बिखेर दिये हों। ऐसा दृश्य उसने पहले

सपने में भी नहीं देखा था। सुबह तो वह पहले भी उठता था, जब स्कूल जाना होता था... पर सुबह कभी इतनी सुन्दर भी होती होगी, उसने तो सोचा ही नहीं था। तभी उसकी नजर वहीं मैदान में काम करते नानू पर पड़ी। उसने झट से चप्पल पहनी और दौड़कर बाहर आ गया।

'अरे नानू, आप यह क्या कर रहे हैं?' इतना पूछते ही जुगल वहीं नानू के पास आ बैठा।

जुगल तू उठ गया बेटा, मुझे लगा तू अभी घण्टा दो घण्टा और सोएगा... वैसे भी कल शाम की सैर ने तुझे काफी थका दिया था।

"थकान? वो तो कब की चली गयी नानू; नानू बताओ न आप यहाँ मैदान में यह मिट्टी से क्यों खेल रहे हैं?"

"चल पगले, मिट्टी से खेल नहीं रहा हूँ बल्कि मैं तेरे लिए मौसम की कुछ बढ़िया सब्जियाँ उगा रहा हूँ; ताजी सब्जियाँ खाकर मेरा जुगल तन्दुरुस्त बनेगा।" जुगल को रामगोपाल का यूँ सब्जियाँ उगाते हुए देखना अच्छा लग रहा था। रामगोपाल खुरपी की सहायता से मिट्टी में छोटा-सा गड्ढा खोद देते, फिर उसमें बीज डाल देते और फिर पानी। यह सब देख जुगल को इतना आनन्द आ रहा था कि उसने भी नानू से बीज डालने की ज़िद की। नानू ने उसे कुछ सब्जियों के बीज डालने के लिये पकड़ा दिया। दोनों ने ठण्ढी हवा का आनन्द उठाते हुए फल और सब्जियों के

बीज डाले। थोड़ी देर बाद नानी जुगल के लिए ताजा गाय का दूध लायीं, जिसे देख जुगल नाक-मुँह बनाते हुए बोला "नानी, दूध... नहीं नहीं नानी मैं दूध नहीं पिऊँगा, मुझे दूध पीना बिल्कुल पसन्द नहीं है।''

'अरे पगले चखकर तो देख, अभी घण्टे भर पहले ही निकाला है।'' सिमरन दूध का गिलास पकड़ाते हुए जुगल से बोली।

''पर नानी मुझे दूध बिल्कुल पसंद नहीं है।'' जुगल ने फिर से कहा।

नानी भी कम न थीं। उन्होंने ज़ोर जबरदस्ती कर जुगल को दूध चखा ही दिया। नानी के द्वारा चखाया गया दूध सचमुच बहुत मीठा और स्वाद से भरपूर था। शहर में तो ताजा दूध सपना बन गया था। सुबह स्कूल जाते समय माँ दूध पिलाती थी तो कितना कुछ मिलाती थी (चॉकलेट पाउडर व अन्य चीज़े), फिर भी दूध में कोई स्वाद न होता था और यहाँ नानी ने दूध में शक्कर तक नहीं डाली थी, फिर भी दूध इतना मीठा था... उसका अपना ही एक अलग स्वाद है, जो शहर के दूध में कभी जुगल ने चखा ही नहीं था।

जुगल को ताजा दूध इतना भा गया कि नानी को बोला "नानी, सचमुच दूध में बड़ा ही स्वाद था, अब मैं रोज दूध पिऊँगा, एक नहीं दो गिलास।'' यह सुनकर नानी-नाना

और जुगल तीनों हँस पड़े।

स्नान आदि कर अब जुगल को स्फूर्ति महसूस हो रही थी और यह स्फूर्ति उसे पूरे दिन रही। शाम होते ही उसने नानू से फिर सैर पर जाने इच्छा जतायी। कल तक जो सैर से दूर भाग रहा था, आज खुद ही सैर के लिए उतावला था। उसने जल्दी से अपने बड़े-बड़े जूते पहन लिये। वही जूते, जो पापा पिछले महीने विदेश से लाये थे। विदेशी जूते सुंदर नगर की सड़कों पर कुछ अलग ही लग रहे थे। आज तो जुगल ने काफी लम्बी सैर कर ली थी और जुगल थका भी नहीं। अगली सुबह खुद ही जुगल की नींद खुल गयी। बिना किसी के कहे वह जाग उठा और सुबह का सुन्दर नजारा देखने मैदान चला आया। शायद सुबह का नजारा उसे इतना प्रिय लगने लगा कि किसी को अब उसे जगाने की ज़रूरत ही नहीं पड़ी। आज फिर नानी बड़ा गिलास दूध का लायीं और जुगल ने बिना संकोच दूध भी पी लिया; खेतों में पानी डाला और सुबह का आनंद उठाया। नानी नाना ने जुगल को खूब प्यार दिया, रात को पहाड़ों और प्रकृति की कहानियाँ सुनायीं। जुगल को प्रकृति में इतना मजा आने लगा कि अब उसे किसी और मनोरंजन की ज़रूरत नहीं थी। कभी रंग-बिरंगी तितलियाँ तो कभी मस्त चिड़ियों का चहचहाना, कभी पानी के झरनों की कल-कल, तो कभी नदी की सर-सर आदि कुदरत के खूबसूरत नजारे... देखते ही देखते दो महीने कब बीत गये

उसे पता ही नहीं चला। अब जुगल का स्कूल खुलने वाला था, इसलिए मम्मी-पापा उसे वापस लेने आ गये। मम्मी-पापा अपने थुलथुले बेडौल जुगल की बदली काया देख दंग रह गये। वह सुडौल शरीर वाला बन गया था तथा मेहनत करना पसन्द करता था। अब उसे मनोरंजन के लिए किसी उपकरण की ज़रूरत न थी। सचमुच, नाना-नानी ने जुगल की दिनचर्या बदलकर उसे सादगी के साथ सही प्रकार से जीना सिखा दिया था।

डिलीवरी बॉय

फ़रीदाबाद, हरियाणा राज्य की सबसे बड़ी सिटी है, जो एन॰सी॰आर (नेशनल कैपिटल रीज़न) के अन्तर्गत आती है तथा एक औद्योगिक शहर माना जाता है। कई व्यक्ति भारत की राजधानी 'दिल्ली' में अपना आशियाना बनाने का सपना पूरा करने में असमर्थ रह जाते हैं, तो वह फ़रीदाबाद और अन्य आस-पास के इलाक़े में अपना ठिकाना तलाशते हैं। इसी प्रकार प्रोफेसर राव ने भी फ़रीदाबाद की एक नयी सोसाइटी में तीन कमरों का फ्लैट खरीदा था। उनके बेटे विदेश में रहते थे। यहाँ फ़रीदाबाद

(एन॰सी॰आर) में मकान लेने का कारण यही था कि यहाँ से हवाई अड्डे तक पहुँचने में ज़्यादा समय नहीं लगता था। प्रोफेसर के बच्चों को पहले लंबी विदेश-यात्रा कर दिल्ली आना पड़ता था, फिर दिल्ली से दूसरे शहर की बस या ट्रेन पकड़नी पड़ती थी। इस प्रकार यात्रा भी लंबी होती थी और कई दफा मुश्किल भी झेलनी पड़ती थी।

प्रोफेसर का नाम उमेश राव था। फ़रीदाबाद आने से पहले वह पन्तनगर के एक प्रसिद्ध कॉलेज में काम करते थे और अपनी बीवी सुषमा के साथ रहते थे। सुषमा काफी पढ़ी-लिखी और कामकाजी महिला थी, लेकिन बच्चों के अच्छे लालन-पालन के लिए उसने नौकरी छोड़ दी थी, लेकिन घर पर ही शौकिया तौर पर कुकरी क्लास चलाती थी। अब उम्र ज़्यादा हो चली थी और कमर तथा घुटनों में दर्द भी रहता था, इसलिए कुछ समय पहले कुकरी क्लास भी बन्द कर दी थी, लेकिन अपना खाना बनाने का शौक वह उमेश जी के लिए तरह-तरह के व्यंजन बनाकर पूरा करती थी। कॉलेज से रिटायर्ड होकर प्रोफेसर राव और उनकी बीवी फ़रीदाबाद आ गये। फ़रीदाबाद के मकान में प्रवेश करने के बाद दोनों काफी व्यस्त हो गये। पहला हफ्ता रंग-रोगन में यूँ ही निकल गया। यह दूसरा हफ्ता था। प्रोफेसर साहब की बीवी सुषमा ने आज से रसोई में खाना बनाना शुरू किया था। दिन के भोजन में दाल बनाते समय वह बोली ''सुनो जी! पूरा राशन तो कल रात आ

गया था, लेकिन दाल में तड़का लगाते समय अब याद आया कि हींग की डिब्बियाँ तो हमने खरीदी ही नहीं।''

''तो क्या सुषमा जी अब बगैर तड़के की दाल खानी पड़ेगी?'' प्रोफेसर राव ने अपना चश्मा साफ करते हुए पूछा।

''हाँ तो अब आप ही बताइए कहाँ से मिलेगी डिब्बियाँ, मुझे तो इस शहर का कुछ मालूम ही नहीं है।'' सुषमा जी बोलीं।

तभी प्रोफेसर को याद आया कि जब वह पहली दफा मकान का पता करने आये थे तो उन्होंने सोसाइटी के दूसरी ओर एक छोटी-सी दुकान देखी थी, जहाँ पर प्रतिदिन का कुछ ज़रूरी सामान मिलता था। उन्होंने वहाँ से कुछ सामान भी खरीदा था और दुकानदार ने उन्हें होम डिलीवरी के बारे में बताते हुए अपना नम्बर भी दिया था। प्रोफेसर राव ने दुकानदार का नंबर फोन में ढूँढ़ा और हींग की डिब्बियाँ मँगवा ली। दुकानदार ने ऑर्डर लेते ही आश्वासन दिया कि वह तुरन्त सामान भिजवा देगा।

''सुषमा जी, कुछ भी हो, सोसाइटी में इस प्रकार की दुकान ज़रूर होनी चाहिए, यह हमारी बूढ़ी हड्डियों के लिए एक अच्छी सुविधा है।'' इतना कह प्रोफेसर राव कुर्सी पर बैठे ही थे कि दरवाजे की घण्टी बज गयी।

"अब कौन आ गया मेरी हड्डियों का दुश्मन।" प्रोफेसर राव ने अख़बार मेज पर रखते हुए कहा।

"अरे कुर्सी से केवल दरवाजे तक जाना भी भारी लग रहा है आपको।" सुषमा जी बोलीं।

प्रोफेसर ने दरवाजा खोला तो एक गहरे रंग का छोटा लड़का, बादामी रंग की ढीली पैंट और घिसी-सी चप्पल पहने खड़ा था। उसके कपड़े इतने मैले लग रहे थे जैसे महीनों से धुले ही न हों। लेकिन फिर भी चेहरे पर भोलापन और होठों पर मुस्कान थी।

प्रोफेसर उसे देख हैरानी से सोचने लगे, आखिर यह नन्हा मेहमान कौन आ गया है। और हँसते हुए पूछने लगे "बोलो जनाब, कौन-सी बालकनी में तुम्हारी गेंद आ गिरी है?"

"गेंद? बाऊजी, आपके लिए यह हींग की डिब्बियाँ भेजी है मदन भैया ने।" (लड़का बड़े से थैले में टटोलते हुए बोला) उसका थैला ऐसा लग रहा था, जैसे नन्हे से बच्चे को अभी चार-पाँच घर की डिलीवरी करनी हो।

"अरे-अरे! डिब्बियाँ तुम लेकर आये हो बेटा।" प्रोफेसर राव समझ गये थे कि दरवाजे पर आया लड़का कोई गेंद नहीं, बल्कि हींग की डिब्बियाँ लेकर आया है और सोसाइटी की दुकान में एक डिलीवरी बॉय है। छोटे

से लड़के को इस प्रकार डिलीवरी बॉय के रूप में काम करता देख वह परेशान हो गये। उन्होंने चुपचाप सामान लेकर सुषमा जी को डिब्बियाँ पकड़ाते हुए कहा "लीजिए सुषमा जी, आ गयी आपकी हींग की डिब्बियाँ, अब जल्दी से तड़के वाली स्वादिष्ट दाल खिला दीजिए।" इतना कह वह फिर से कुर्सी पर जा बैठे और उस डिलीवरी बॉय के बारे में सोचने लगे।

दाल पक गयी और तड़का भी लग गया, लेकिन प्रोफेसर साहब तो कहीं और खोये थे। कभी माथे की लकीरें सिकोड़ते, तो कभी हाथ की उँगलियाँ चटकाते गहरी सोच में डूबे थे। उन्हें देख सुषमा जी बोलीं "प्रोफेसर साहब, कहाँ खोए हैं आप; अख़बार का पन्ना इतनी देर से पलटा ही नहीं... अच्छा अब खाना तैयार हो गया है, जल्दी खा लीजिए"।

खाना खाते समय राव जी रोटी का टुकड़ा तोड़ते, फिर रख देते। उन्हे ऐसा करते देख सुषमा जी को अजीब-सा प्रतीत हुआ, क्योंकि आज रसोई का पहला दिन था और ऊपर से पति की पसंदीदा मसूर दाल बनायी थी, लेकिन वह तो अपने ही किन्हीं विचारों में गुम थे। इसलिए सुषमा जी प्रोफेसर साहब को टोकते हुए बोलीं "प्रोफेसर साहब, अगर तबीयत ठीक नहीं है तो कुछ समय आराम कर लीजिए न।" अब प्रोफेसर से रहा नहीं गया और पत्नी के टोकने पर जवाब में बोले "सुषमा जी, कुछ लोग भी

अजीब होते हैं, छोटे मासूम बच्चों से काम करवाते हैं और इस प्रकार उनका बचपन ही समाप्त कर देते हैं।

''क्या हुआ प्रोफेसर साहब, लगता है आपने आज फिर कोई खबर पढ़ ली है।''

खबर नहीं सुषमा जी, खुद ही वास्ता हो गया; अभी थोड़ी देर पहले हींग की डिब्बियाँ देने आया लड़का मात्र छह या सात बरस का था... चेहरे से मासूमियत गयी नहीं और कमाने निकल पड़ा। मैं शाम को उस दुकानदार के पास ज़रूर जाऊँगा और खूब लताड़ूँगा। यह दुकानदार सस्ते में इन बच्चों से काम करवाते हैं, ऐसे लोगों को सख्त सजा मिलनी चाहिए।''

प्रोफेसर को परेशान देख सुषमा बोली ''दुकानदार से ज़्यादा गलती उसके परिवार वालों की है इसमें; अगर वह उस लड़के को स्कूल भेजें, बजाय इसके कि वह कहीं जाकर पैसे कमाये, तो भला उससे कोई काम नहीं करवा सकता है... लेकिन प्रोफेसर साहब, गरीबी भी तो कम नहीं है अपने देश में और क्या पता कौन-सी मजबूरी रही होगी उसके माँ-बाप की, जो सात बरस के नादान से काम करवा रहे हैं। वैसे सच बोलूँ तो इस गुनाह में हम जैसे स्वार्थी इंसान भी शामिल हैं; अगर हम इन बच्चों से सामान खरीदना ही बंद कर दें तो ...''

''बिलकुल सही कहा अपने सुषमा जी।'' प्रोफेसर

साहब बीच में ही बोल पड़े।

''अच्छा अब खाना खा लीजिए, दाल ठंढी हो जाएगी तो नुकसान करेगी और बच्चे के बारे में शाम को उस दुकानदार से जरूर बात कर आना।''

शाम पाँच बजे प्रोफेसर राव, सोसाइटी की दुकान से दूध लेने गये। वहाँ उस नन्हे से लड़के को काम करता देख अब उनसे रहा न गया। उन्होंने दुकानदार को गुस्से से कहा ''भैया, दुकान में डिलीवरी बॉय के लिए किसी युवक को क्यो नहीं रखते हो, इस छोटे से बालक से गधों की भाँति काम लेना सही है क्या... यदि किसी ने पुलिस को इत्तिला कर दिया न, तो लेने के देने पड़ जाएँगे आपको।''

प्रोफेसर की धमकी सुन दुकानदार बोला ''अरे अंकल जी, मुझे क्यों सुनाते हो; लगभग कुछ दो महीने पहले इसकी दादी ने मेरे पास आकर इसे काम पर रखने के लिए विनती की है... मैंने तो खुद उसको यही सलाह दी थी कि लड़का अभी छोटा है, काम के बजाय स्कूल भेजो, पर वह रोते-बिलखते बोली कि पैसों की तंगी के चलते इसे यहाँ काम पर लगाना चाहती हूँ, थोड़े पैसे कमा लेगा तो हमारा कुछ भला हो जाएगा। अंकल जी, मैंने तो केवल एहसान ही करने की सोची थी... और वैसे अंकल जी मेरी दुकान में दो और नौकर हैं, जो चार हजार में लगे हैं, लेकिन इसको तो मैं रुपये भी ज़्यादा देता हूँ... कुल पाँच हज़ार।''

दुकानदार की यह बात सुनकर प्रोफेसर राव को और भी अधिक दुःख हुआ। सचमुच गरीबी बहुत है अपने देश में। एक भूखा इंसान रोटी ही कमाएगा, पढ़ने के लिये पाठशाला थोड़ी जाएगा। लेकिन मैं इस प्रकार एक बच्चे का जीवन खराब न होने दूँगा। वह चुपचाप कुछ देर खड़े मन ही मन सोचते रहे और फिर दूध की थैली उठाकर घर की ओर चल दिये।

अगली सुबह करीब पाँच बजे बरतनों की आवाज से प्रोफेसर राव की आँख खुल गयी। करवट बदली तो सुषमा जी कमरे में न थीं। लगता है आज सुषमा जी सुबह ही रसोई में लग गयी हैं, अभी जाकर टोकता हूँ, वह खुद से ही बड़बड़ाते हुए बिस्तर से खड़े हो गये। लेकिन प्रोफेसर जब रसोई में गये तो किसी अंजान पैंतालीस-पचास वर्ष की महिला को घर का काम करता देख वह बालकनी में आ पहुँचे। वहाँ सुषमा जी गमलों में पानी और खाद डाल रही थीं। उन्हें देख वह बोले "सुषमा जी, यह महिला जो बरतन माँज रही है, क्या घर का काम करने के हिसाब से थोड़ी बूढ़ी नही है?"

"राव जी आप सही कह रहे हैं; बूढ़ी तो है, लेकिन अगर हमने इसे काम न दिया तो भूखी मरेगी।"

"अरे सुषमा जी, क्या कह रही हैं आप।"

"हाँ प्रोफेसर साहब, इस महिला को कोई काम देने

को राजी नही है; एक तो वृद्ध और ऊपर से इसका एक पैर भी खराब है, लँगड़ा कर चलती है बेचारी... मैंने तो यही सोचकर उसे अपने यहाँ काम करने दिया कि कुछ कमा खा लेगी और वैसे भी मेरी रीड की हड्डी काफी दिनों से तकलीफ दे रही है... इसके होने से थोड़ी मदद मिल जाएगी। यह यही सोसाइटी के बाहर झुग्गी-झोपड़ी में रहती है। वैसे भी प्रोफेसर साहब, मुझे किसी न किसी को तो काम पर रखना ही था, तो इस महिला को ही रख लिया। आज से ही इसका महीना शुरू हुआ है और आज ही तनख़्वाह पकड़ा दी मैंने; पैसों की जरूरत है बोल रही थी बेचारी।''

''झुग्गी-झोपड़ी? यह जो बाहर झुग्गी झोपड़ी है, वही न, उसी की बात कर रही है न आप सुषमा जी?'' प्रोफेसर ने दोहराया। सुषमा के मुँह से झुग्गी-झोपड़ी शब्द सुनकर प्रोफेसर को याद आया कि दुकानदार ने भी कल शाम डिलीवरी बॉय की बात करते समय सोसाइटी के बाहर वाली झोपड़ी की बात की थी और महिला का चेहरा भी नन्हे लड़के से मेल खा रहा था। शाम जब महिला दोबारा काम पर आयी तो प्रोफेसर राव उससे पूछे बिना खुद को रोक न सके ''बहन जी, यह जो किराना स्टोर में नन्हा डिलीवरी बॉय काम पर लगा है, आपका ही सुपुत्र है?'

महिला का आज पहला ही दिन था। वह अजनबी आदमी से बात करने में हिचकिची रही थी, लेकिन मालिक

के प्रश्न पर उत्तर भी तो देना था, इसलिए केवल इतना कह वह चुप हो गयी कि "साहब वह मेरा लड़का नहीं, पोता है।"

प्रोफेसर राव ने तो आज ठाना हुआ था कि महिला को खूब लम्बा-चौड़ा लेक्चर सुनाएँगे, लेकिन सुषमा जी के इशारे ने उन्हे ऐसा करने से रोक दिया।

राव ने भी सोचा, यदि नौकरानी उनका भाषण सुनकर काम छोड़कर चली गयी तो सुषमा जी की तकलीफ बढ़ जाएगी और जिस आराम की उम्मीद वह कर रही है, वह भी उनको न मिल पाएगा, इसलिए वह सुषमा जी से चाय की फरमाइश कर बालकनी में जा बैठे।

सुषमा जी बालकनी में गरमा गरम चाय ले आयीं।

"अरे सुषमा जी, चाय के साथ समोसे भी।"

"आज घर का सारा काम नौकरानी ने कर दिया, इसलिए मैंने खाली समय में आपके लिए यह समोसे तल दिये।" सुषमा जी मुसकुराती हुई बोली।

"सुषमा जी, फिर तो घर के काम के लिए नौकरानी का लगाना बिल्कुल सही निर्णय है आपका; बेचारी को थोड़ा रुपया मिल जाएगा और आपको आराम और मुझे आपके हाथ के गरमा-गरम समोसे व पकौड़े आदि।" चाय की चुस्की लेते हुए प्रोफेसर राव बोले।

सर्दियों का मौसम था। रिटायर्ड प्रोफेसर ने उम्र भर खूब मेहनत की थी, इसलिए वह अब शेष समय केवल अपने और अपनी बीवी के लिए रखते थे। दोपहर, अक्सर सुषमा जी के साथ बैठ, बीते पलों को याद करते थे और अक्सर सोसाइटी के बीचों-बीच बने पार्क में धूप का आनन्द लेते थे। बीस मंजिल की आसमान छूती इमारत की छत पर जाना मुमकिन न था। यूँ तो वहाँ लिफ्ट का अच्छा बंदोबस्त था, पर छत से नीचे देखकर प्रोफेसर राव की बीवी को चक्कर आ जाते थे, इसलिए वह अक्सर सोसाइटी के पार्क में बैठ, नन्हे डिलीवरी बॉय की शैतनियों को देख खूब हँसते थे।

नन्हा, चोरी-चुपके अन्य बच्चों की पार्किंग में खड़ी साइकिल उठाता और खूब दौड़ाता था। जिस भी किसी साइकिल पर उसका मन आ जाता था, उसी को हवा में ले उड़ता। नन्हे सचिन की यह शैतानियाँ देख प्रोफेसर राव खूब हँसते और सुषमा जी को इशारा करते हुए कहते "आ गया नन्हा चोर, आज किसकी साइकिल का नम्बर है सुषमा जी।"

देखते ही देखते सचिन साइकिल निकालता और कुछ घण्टे दौड़ाता और फिर उसे अपने स्थान पर वापस ला खड़ी करता था। इस समय सोसाइटी के बच्चे स्कूल गये होते थे और यही मौका होता था सचिन के लिए, जब वह बच्चों की पार्किंग में खड़ी साइकिल का मजा लेता था।

लेकिन सचिन की यह शैतानियाँ अधिक दिन तक न चल पायीं। सर्दियों की छुट्टियाँ पड़ गयी थीं। बच्चे अब घर पर ही हुआ करते थे और दोपहर को बच्चे, नीचे पार्क में साइकिल चलाने आया करते थे। सचिन जब भी डिलीवरी करने जाता तो साइकिलों को निहारता रहता, फिर मायूस उदास चेहरा लेकर दुकान वापस आ जाता था।

एक दिन जब वह किसी मकान में डिलीवरी करने आया, तो उसने नीचे पार्किंग में एक साइकिल देखी, जिस पर काफी धूल चढ़ी थी। सचिन ने सोचा कि जिसकी साइकिल है, वह शायद कहीं बाहर गया है। उसे वह साइकिल जानी पहचानी प्रतीत हुई। उसने थोड़ा सोचा 'हाँ, यह ज़रूर नेहा की साइकिल है।' नेहा कई दिनों से सोसाइटी में दिखाई भी नहीं दी थी। उसने थैला वही फेंक दिया और साइकिल की ओर चल दिया। नेहा की लाल साइकिल पर बैठा तो धूल उसकी पूरी पैंट पर लग गयी, लेकिन कई दिनों के बाद साइकिल मिलने पर उसने कुछ न देखा।

यही वक्त था, जब नेहा अपनी साइकिल चलाने आती थी। कल शाम ही वह अपनी नानी के घर से वापस आ गयी थी और आज वह भी अपनी साइकिल चलाने के लिये उतावली थी। आज उसके पिताजी दफ्तर नहीं गए थे, तो नेहा के साथ साइकिल चलाने नीचे आ गये। लेकिन नेहा की साइकिल तो नीचे थी ही नहीं।

''पिताजी, मेरी प्यारी साइकिल कहा है? वह कहीं दिखाई नहीं दे रही।'' अपनी साइकिल न मिलने पर नेहा रोने लगी।

''नेहा, जोधपुर जाने से पहले तुमने साइकिल कहाँ खड़ी की थी?''

''पिताजी मैंने तो यहाँ ही खड़ी की थी और हमेशा मैं उसे यहाँ इसी जगह पर ही रखती हूँ।'' नेहा ने आँसू पोछते हुए कहा।

पिताजी ने टॉवर की एंट्री पर तैनात सिक्युरटी गार्ड को इशारा करते हुए आवाज लगायी ''मोहन! अबे मोहन इधर आ।''

पिताजी के बुलाने पर मोहन भागा-भागा आया।

''मोहन, यहाँ से बच्चे की साइकिल कहाँ गयी? तुम्हारा यहाँ होना न होना एक बराबर है, क्या करते हो यहाँ बैठकर? केवल सोते ही हो न। नेहा के पिताजी गुस्से से भड़कते हुए बोले।

साहब का गुस्सा सातवें आसमान पर न पहुँच जाए, इसलिए मोहन बीच में ही बोल पड़ा। ''साहब, वह छोटा लड़का है न, अभी-अभी यहाँ से साइकिल निकालकर ले गया है; देखिए, उसकी पैंट मिट्टी से गंदी है, जो इस साइकिल के कारण लगी है।

''पापा, वह देखो मेरी लाल साइकिल।'' सचिन को साइकिल चलाता देख नेहा चिल्लायी।

''ओ लड़के इधर आ!'' नेहा के पापा ने बेरुखी और गुस्से भरी आवाज से सचिन को बुलाया और आँखें दिखाते हुए पूछा ''चोरी करता है?''

नौकरी बचाने के लिए गार्ड भी बीच में बोल पड़ा ''जी, जी साहब, यही वह लड़का है जो चोरी करता है।''

''अच्छा चोरी करता है।'' इतना कह, नेहा के पिताजी ने बिना कुछ सोचे-समझे ज़ोर से सचिन के गाल पर एक तमाचा जड़ दिया और हाथ से साइकिल छीन ली।

''नेहा, यह लो अपनी साइकिल; जाओ अब खेलो, इस लड़के को तो मैं अभी मजा चखाता हूँ, नेहा के पिता का गुस्सा तमाचा जड़ने से भी कम नहीं हुआ था और उन्होने सचिन का कान मरोड़ दिया, जिसके कारण सचिन डर से सहम गया। सचिन को मार खाता देख प्रोफेसर साहब विचलित हो गये। नन्हे सहमे सचिन को देख अब उनसे रहा न गया। वह नेहा के पिता को रोकते हुए बोले ''भाई साहब, क्यों नादान बालक को मारते हो, ऐसा क्या कर दिया इस बच्चे ने?''

''ऐसा क्या कर दिया... अंकल जी, चोरी की है चोरी, मेरी बेटी की साइकिल और आप पूछ रहे हैं क्या किया इस

चोर ने...

"नहीं बेटा नहीं, चोर नहीं; वह नादान तो एक मासूम गरीब बच्चा है, जो केवल अपने बचपन में उठने वाली लालसा को इस साइकिल के द्वारा पूरी कर रहा था, उस नादान ने चोरी नही की है; यह चोरी तब होती, जब वह साइकिल वापस न लाता। बेटा, मैं खुद उसको रोज देखता हूँ, वह बेचारा साइकिल उठाता है और कुछ पल भर चलाकर उसे वापस उसी जगह रख देता है।"

"अंकल जी यह तो ग़लत बात है; आप इस साइकिल चोर को रोज ऐसा करते देख रहे हैं, लेकिन आपने किसी को खबर देना ज़रूरी नहीं समझा... अंकल जी आपको तुरन्त किसी न किसी को इस लड़के की खबर करनी चाहिए थी।"

"अरें नही, इतनी बड़ी बात नहीं, आप बेकार में ही परेशान हो रहे हैं।" प्रोफेसर साहब ने बात को हल्का करने के लिए हँसते हुए कहा।

लेकिन नेहा के पिताजी तो आग बरसा रहे थे, किसी की सुन ही नहीं रहे थे। वह गुस्से में बोले "अंकल जी, मुझे लगता है आप किसी बड़ी घटना का इंतज़ार कर रहे थे।" ऐसा कह, वह नेहा को आवाज लगाते हुए निकल गये।

प्रोफेसर साहब ने नेहा के पिता के जाने के बाद, डरे-सहमे से सचिन को देखा। सचिन के चेहरे घबराहट थी। उसके चेहरे पर से सर्दी में भी पसीना टपक रहा था। प्रोफेसर साहब ने प्यार से सचिन से पूछा ''क्यों नन्हे क्या नाम है तेरा?'' प्रोफेसर के पूछने पर सचिन कुछ न बोला।

''साइकिल चलाएगा?'' प्रोफेसर साहब ने फिर से पूछा।

सचिन काफी डर गया था, इसलिए प्रोफेसर के पूछने पर उसने गर्दन हिलाते हुए मना कर दिया। प्रोफेसर साहब भी समझ रहे थे कि सचिन केवल डर के कारण ऊपरी मन से गरदन हिलाकर मना कर रहा है, लेकिन भीतर तो कुछ और ही चल रहा है।

''अरे नन्हे, इतनी प्रबल साइकिल चलाने की इच्छा होने पर भी मना कर रहा है। नन्हे, साइकिल चलाना कोई बुरी बात नहीं है, यह तो बड़ी अच्छी बात है... साइकिल चलाने से शरीर स्वस्थ रहता है और सबसे बड़ी बात यह बिना प्रदूषण हमें एक स्थान से दूसरे स्थान ले जाती है; बेटा, इसको चलाना कभी नहीं छोड़ना, जब मैं तेरी उम्र का था तो घण्टों साइकिल दौड़ाता था... उस दौर में थकान तो कभी हुई नहीं; मैं भली प्रकार समझ सकता हूँ तुम्हें साइकिल चलाने में कितना आनन्द मिलता होगा... लेकिन हाँ, किसी का सामान उससे बिना पूछे लेना सही नहीं है;

अब बिना पूछे सामान लेने से नेहा के पिताजी तुम पर कितना नाराज हुए न! वह तो मैं आ गया, नहीं तो वे तुम्हें आज छोड़ने वाले नहीं थे, उनकी इच्छा होती तो आज तुम्हें पुलिस के हवाले कर देते। हम्म, लेकिन मैं उन्हें गलत नहीं कहूँगा, क्योंकि उनका गुस्सा अपने स्थान पर बिल्कुल सही था... इसलिए बेटा तुम कभी किसी का सामान ऐसे नहीं छूना, यह बुरी बात होती है।''

प्रोफेसर साहब नन्हे को काफी देर से समझा रहे थे, लेकिन सचिन का उनकी बातों से ज्यादा साइकिल पर ध्यान था।

अगली दोपहर प्रोफेसर फिर पार्क में बैठे थे। आज तो सुषमा जी की कमर ने उन्हें घर से निकलने की इजाजत ही नहीं दी। अब सुषमा जी भी साथ नहीं थीं, इसलिए उन्हें पार्क में बैठना भारी लग रहा था। यूँ तो पार्क में चहल-पहल काफी थी, पर प्रोफेसर राव को फिर भी कुछ कमी-सी लग रही थी। कुछ तो था, जिसकी कमी प्रोफेसर राव को खल रही थी।

बच्चे पार्क के बाहर वाली गलियों में साइकिल चला रहे थे, लेकिन फिर भी प्रोफेसर को वह गलियाँ सूनी लग रही थीं, क्योंकि आज वहाँ उनका प्यारा सचिन न था। बेचैन राव साहब उठे और पार्क के चारों ओर थोड़ा टहले। टहलते-टहलते उन्होने सुषमा जी को फोन लगाया।

"सुषमा जी ज़रा पास तक ही जा रहा हूँ, करीब पच्चीस-तीस मिनट का काम है, फिर आकर आपके साथ चाय पीता हूँ; अगर कोई सामान मँगवाना है तो बता दो।"

"सामान तो सब है, बस आप जल्दी आ जाना, सर्दी के कारण अँधेरा जल्दी हो जाता है।"

"सुषमा जी मैं बस यूँ गया और यूँ आया।"

प्रोफेसर साहब और कहीं नहीं, नन्हे के लिए एक सुन्दर साइकिल लेने गये थे। एक सुन्दर लाल साइकिल, जो नेहा की साइकिल से भी ज़्यादा आकर्षक थी। पहिये पर लाल-नीले-पीले कई मोती और सामने के हैंडल पर बड़े-बड़े शीशे लगे हुए थे।

अगले दिन सचिन को डिलीवरी करते देख साहब ने उसे आवाज लगायी "सचिन ओ सचिन!... सुन नटखट लड़के, इधर तो आ।"

प्रोफेसर की आवाज सुन सचिन पल भर रुका पर फिर चल दिया। पर प्रोफेसर भी कम न थे। उन्होने फिर से सचिन को बुलाया "ओ... ओ... साइकिल चोर!"

प्रोफेसर की आवाज सुनकर सचिन फिर से रुक गया।

"आज साइकिल नहीं चलाएगा?" प्रोफेसर ने पूछा।

सचिन गर्दन हिलाकर चल दिया। उन्होंने सोचा सचिन

ऐसे तो उनकी बात न सुनेगा, इसलिए वह अपने मकान में पहुँच गये और सुषमा जी से बढ़िया-सी चाय की फरमाइश करने लगे।

सुषमा जी से चाय के लिए कह, वह दुकान फोन लगा बैठे ''भैया जी, डिलीवरी हो जाएगी क्या?''

''जी साहब बिलकुल हो जाएगी, क्या भिजवाना है?'' दुकानदार ने कहा।

''बिस्कुट खाने का मन है, वह जो आटे से बने होते हैं।''

''जी समझ गया, जोजों बेकरी वाले आटे के बिस्कुट।'' दुकानदार ने कहा।

डिलीवरी बॉय सचिन तो तूफान की भाँति डिलीवरी करता था। यहाँ सुषमा जी ने चाय बनायी, वहाँ सचिन डिलीवरी ले आया।

''अरे सचिन, अन्दर आ नन्हे चोर।'' प्रोफेसर ने कहा।

सचिन यूँ तो नटखट था, पर उस दिन की घटना के कारण वह शैतानियाँ करना ही भूल गया था। प्रोफेसर के बुलाने से वह सहमा हुआ अन्दर आ गया।

सचिन को देख सुषमा जी बोली अरे-अरे! यह क्या,

आज सचिन यहाँ, हमारे घर।

सचिन को अपने पास बुलाते हुए प्रोफेसर साहब ने पूछा, ''सचिन बेटा स्कूल जाएगा?''

लेकिन डरा - सहमा सचिन कुछ न बोला।

प्रोफेसर ने बिस्कुट पकड़ाते हुए फिर से कहा ''अच्छा बिस्कुट खाएगा?''

सचिन ने इस बार तो सिर हिलाकर हामी भर दी। बेचारा शायद भूखा था। सचिन बिस्कुट लेकर खुश हो गया। प्रोफेसर ने फिर सचिन को कहा ''अच्छा सचिन एक बात बोलूँ, तू पहले की तरह नटखट अच्छा लगता है, यूँ उदास बिल्कुल भी अच्छा नहीं लगता... मैंने तेरे चेहरे की उदासी दूर करने का उपाय निकाला है; यह देख मैंने क्या खरीदा है।''

''साइकिल! अंकल जी साइकिल, मेरे लिए? सचमुच मेरे लिए?'' सचिन ने आँखें चौड़ी करते हुए पूछा।

''हाँ हाँ तेरे लिए नन्हे, अब इतनी छोटी साइकिल में तो नहीं चला पाऊँगा।'' प्रोफेसर राव हँसते हुए बोले।

सचिन ने तो कभी अपनी खुद की साइकिल का सपना भी न देखा था, लेकिन प्रोफेसर राव ने उसे हकीकत में एक साइकिल उपहार में दे दी थी।

"अच्छा सचिन यह साइकिल ले जाओ और अब बस केवल इसे ही चलाना,किसी और की साइकिल नहीं, बिल्कुल नही।

सचिन खुशी-खुशी साइकिल घर ले आया था। साइकिल देख दादी ने रोब से प्रश्न किया "छोरे, यो क्या है, किसकी साइकिल चुरा लाया?"

नहीं-नहीं, अम्मा साइकिल चुराई नहीं है। यह तो नए मकान वाले साहब ने दिलवाई है और यह भी कहा है कि इसको मैं दूर-दूर तक दौड़ा सकता हूँ बिना किसी डर के।

दादी को सचिन कि बात का विश्वास न था। उसने सोचा, भला कोई यूँ साइकिल क्यों दिलवाएगा, जरूर सचिन किसी की साइकिल उठा लाया है। इस बात का पता तो करना था, इसलिए दादी जब शाम को प्रोफेसर के घर बरतन भाँड़े साफ करने पहुँची तो पूछे बिना रह न पायी "साहब जी, छोरे ने साइकिल तुम ही दिये हो? डिलीवरी तो मारा छोरा जल्दी ही कर देवे, पर फेर भी अच्छा है साइकिल दौड़ा के जल्दी चला आवेगा।"

"हाँ बहन जी, साइकिल तो ज़रूर दी है, पर डिलीवरी के लिए नहीं, बल्कि स्कूल जाने के लिये... आखिर शिक्षा का महत्त्व मुझसे बेहतर कौन जानता होगा, इसलिए मैंने सचिन का दाखिला नजदीक के एक स्कूल में करने के लिए बात की है।

"साहब जी, क्यों हमारा नुकसान करते हो, साइकिल के बदले रोजगार ख़त्म कर।'' बुजुर्ग महिला ने हाथ जोड़ते हुए कहा।

"अरे ऐसा नहीं है बहन जी; सचिन स्कूल जाएगा तभी तो कुछ जानेगा; पढ़ेगा-लिखेगा तभी कुछ करेगा, नहीं तो जीवन भर परेशान रहेगा और दुकान वाले ने कल दुकान से निकाल दिया तो! तब क्या करोगी। फिर पढ़ेगा-लिखेगा तो कुछ बन जाएगा और अच्छा काम करेगा और सचिन को जो तनख्वाह दुकान से मिलती थी, अब वह मैं तुम्हें दूँगा; कल से तुम्हारी तनख्वाह दुगनी है।

"कल से क्यों आज से ही।'' प्रोफेसर साहब की बातों के बीच में सुषमा जी ने हँसते हुए घर की नौकरानी से कहा।

"कल स्कूल से मैं और सुषमा जी किताबें-कपड़ें सब खरीद लाएँगे, तुम बस नन्हे सचिन को स्कूल भेजने की तैयारी करो।''

प्रोफेसर राव की बातें सुनकर बुजुर्ग महिला की आँख भर आयी। उसने नम आँखों से प्रोफेसर साहब और सुषमा मैडम को धन्यवाद किया।

अगली सुबह प्रोफेसर राव और सुषमा जी स्कूल जाकर सचिन के दाखिले की बात प्रधानाचार्य से कर आये

तथा नये कपड़े और किताबें भी खरीद लाये। नयी किताबों की सुगन्ध सचिन को बहुत भा गयी। उसने प्रोफेसर राव से वादा किया कि वह जी लगाकर खूब पढ़ेगा और उन्हीं की भाँति एक दिन प्रोफेसर बनेगा। सचमुच, प्रोफेसर साहब सचिन के लिए एक फरिश्ता बनकर आये, जिन्होंने नन्हे सचिन को एक डिलीवरी बॉय से स्कूल बॉय बना दिया।

सचिन को साइकिल पर स्कूल बॉय के रूप में जाते देख प्रोफेसर राव और सुषमा जी प्रसन्न हो गये।

सरिता और चाची अन्नपूर्णा

सरिता अपनी चाची अन्नपूर्णा की लाडली थी। चाची की कोई संतान नहीं थी, इसलिए हृदय की ममता और प्यार वह भतीजी सरिता के लिए रखती थी। भतीजी से लाड़ लड़ाने में वह जरा भी कमी न करती थी।

एक दिन जब चाची अन्नपूर्णा अपने पीहर जा रही थी, तो उसने अपनी जेठानी (सरिता की माँ, सविता) से सरिता को अपने साथ ले जाने के लिये पूछा। माँ, अन्नपूर्णा और सरिता के प्रेम को भली प्रकार समझती थी, इसलिए अन्नपूर्णा के पूछने पर ज़रा भी संकोच न करते हुए उसने

तुरन्त हामी भर दी। सरिता, चाची के साथ उनके पीहर जाने वाली है, इस खबर से वह बहुत खुश थी, वहीं चाची भी सरिता के साथ पीहर जाने के लिए उत्सुक थी तथा मौज-मस्ती और सैर-सपाटे का सोच खुश हो रही थी। चाची अन्नपूर्णा साल में एक ही बार कार्तिक माह के महीने में अपने पीहर जाती थी। कार्तिक के माह में अन्नपूर्णा के गाँव में बहुत बड़ा मेला लगता था। इतना बड़ा मेला कि आस-पास के शहर और गाँव वालों का समूह उमड़कर मेला देखने आता था।

अगली सुबह चाची अन्नपूर्णा और सरिता, रेलगाड़ी से गाँव के लिए रवाना हो गये। रेलगाड़ी की यात्रा सरिता को बड़ी ही प्यारी लग रही थी। वह रास्ते में आने वाले सभी स्टेशनों और शहरों के नाम पूछती और कभी रेल की खिड़की से बाहर झाँक पटरी को बदलते देखती। जब रेल किसी स्टेशन पर पल भर रुकती, तो वहाँ दुकानों पर तलते पकोड़े देख उन्हें खाने की जिद करती। अन्नपूर्णा, सरिता की हर फरमाइश चुटकी में पूरा कर देती। इस प्रकार अपनी इच्छा के पूरा होने पर सरिता कहती ''चाची, आप दुनिया की सबसे अच्छी चाची हैं।'' सरिता की बातों को सुनकर चाची खुशी से मुस्कुरा उठती थी। सरिता के मुँह से अपने लिए इस प्रकार की बातें सुनना अन्नपूर्णा को बड़ा ही अच्छा लगता था।

आखिरी स्टेशन आने वाला था। अन्नपूर्णा ने सामान

समेटते हुए कहा 'सरिता, इससे आगे रेलगाड़ी नहीं जायेगी; यहाँ सभी यात्री उतर जायेंगे और हमें भी यहीं उतरना है, इसलिए अपना सामान अच्छे से देख लो; सीट के नीचे या पीछे कहीं कोई चीज गलती से तो नहीं गिरी है।''

थोड़ी ही देर में रेलगाड़ी स्टेशन पर रुक गयी।

''चाची लाओ सामान मैं उठाती हूँ। रेलगाड़ी के रुकते ही सरिता उत्सुकता से बोली।

''अरे रहने दे पगली, यह सामान बहुत भारी है, तू कैसे उठाएगी... तू बस एक काम कर, मेरी उँगली कसके पकड़ ले, देख यहाँ कितनी भीड़ है, उँगली मत छोड़ना चाहे कुछ भी हो जाए। भीड़ में छोटे बच्चे गुम हो जाते हैं। इसलिए कुछ भी हो, मेरा हाथ मत छोड़ना।'' अन्नपूर्णा बोली।

''जी चाचीजी, मैंने आपकी बात की गाँठ बाँध ली है।'' सरिता, अन्नपूर्णा का हाथ पकड़ते हुए बोली।

रेलगाड़ी से उतरते ही अन्नपूर्णा घोड़ागाड़ी वाले को ढूँढ़ने लगी, जिसे देख सरिता ने पूछा ''चाची आप किसी को ढूँढ़ रही हैं क्या?''

''हाँ सरिता, मैं छोटेलाल जी को ढूँढ़ रही हूँ।''

''छोटे लाल जी?'' सरिता ने दोहराया।

''छोटेलाल जी हमारे गाँव के बहुत पुराने ताँगे वाले हैं। रेलवे स्टेशन से मेरा गाँव कुछ किलोमीटर की दूरी पर है; वैसे यहाँ गाँव की सड़कों पर गाड़ियाँ, ऑटो खूब दौड़ती हैं, लेकिन घोड़ा-गाड़ी की बात ही अलग है। मुझे मालूम है, तुम पहले कभी किसी घोड़ागाड़ी में नहीं बैठी होगी। घोड़ा-गाड़ी में बैठना तुम्हारे लिए एक नया अनुभव होगा।'' इतना कहने के बाद अन्नपूर्णा ने ताँगे वाले को आवाज लगायी। छोटेलाल जी, छोटेलाल जी... मैं अन्नपूर्णा, पहचाना?''

''अरे अनु बेटी, कैसी बात कर रही हो, क्या मैं अपनी अनु बिटिया को नही पहचानूँगा?'' कैसी हो बिटिया, बड़े दिन बाद घर आयी हो... छोटे लाल जी अभी किसी सवारी को लेकर स्टेशन आये थे।

''मैं बिलकुल दुरुस्त हूँ छोटेलाल जी, आप सुनाइए, आप कैसे हैं?''

''मैं भी बढ़िया हूँ बिटिया, बस सवारी लाने और ले जाने में लगा रहता हूँ।'' तभी उन्होंने अन्नपूर्णा के साथ खडी सरिता को देखा और पूछा, ''बिटिया यह नन्ही-सी परी कौन है? कौन है यह, जो हमारी अनु बिटिया के साथ यहाँ पधारी है।''

''छोटेलाल जी आप खुद ही सोचिए न, आखिर यह नन्ही परी कौन है।'' छोटेलाल ने कुछ क्षण सोचा और

फिर झट से बोले ''कहीं यह सरिता बिटिया तो नहीं है?''

सरिता पहली दफा गाँव में आयी थी और अपना नाम छोटेलाल जी के मुँह से सुनकर चौंक गयी। इतने में अन्नपूर्णा बोली ''सरिता, जल्दी बैठो, छोटेलाल जी बहुत व्यस्त ताँगे वाले हैं, यह ज़्यादा समय बरबाद नहीं करते।'

ताँगे में बैठते ही सरिता ने प्रश्न किया ''चाची यह ताँगे वाले अंकल जी, क्या नाम बताया आपने? हाँ, छोटेलाल जी, यह मेरा नाम कैसे जानते हैं, मैं तो पहले कभी इनसे नहीं मिली।''

''अरे कोई बड़ी बात नहीं है; मैं जब भी यहाँ अपने गाँव आती हूँ तो छोटेलाल जी की घोड़ा गाड़ी में ही घर जाती हूँ। छोटेलाल जी बहुत ही पुराने ताँगे वाले हैं; हम मोहल्ले के बच्चे इनकी घोड़ागाड़ी से रोज स्कूल जाते थे और यह हम बच्चों को स्कूल के बाहर मसालेदार मूली, फलों की चाट या कभी खट्टे-मीठे बेर खिलाते थे।

चाची के मुँह से फलों की चाट, मसालेदार मूली आदि की बातें सुन सरिता बोली ''चाची, मुझे भी ये सब खिलाओ न।''

''हाँ सरिता ज़रूर, चलो हम स्कूल वाले रास्ते से होकर घर की ओर जाते हैं। छोटेलिाल जी, हम जानकी देवी पाठशाला से होकर घर जाएँगे।

''हाँ बिटिया, ठीक है, दिन के कई चक्कर लग जाते हैं वहाँ मेरे। छोटे लाल जी तांगे की रस्सी खींचते हुए बोले

अन्नपूर्णा जब वहाँ पहुँची तो उसने देखा कि स्कूल के बाहर आज भी बिल्कुल वैसा ही नजारा है, जैसा तब हुआ करता था। आज भी ठेले पर ताजी लम्बी हरे पत्ते वाली मूली और ताजे फल रखे थे। छोटेलाल जी ने घोड़ा गाड़ी को ठेले के पास खड़ा कर दिया। मीठे फलों और चटनी की सुगन्ध से सरिता के मुँह में पानी आ गया। ''चाट वाले भैया, जल्दी से स्वादिष्ट चाट बना दीजिए हमारी सरिता के लिए।'' अन्नपूर्णा, दस का नोट बटुए में से निकालती हुई बोली।

''जी अनु बिटिया।'' चाट वाला बोला।

''अरे वाह चाची। यहाँ गाँव में तो आपका बड़ा नाम है, यहाँ हर कोई आपको पहचानता है।'' यह कह सरिता हँस पड़ी।

''अरे नहीं सरिता, नाम नहीं है; सच तो यह है कि हमारा गाँव कुल हजार बारह सौ की आबादी वाला एक छोटा-सा गाँव है। इस छोटे से गाँव में हम सब एक-दूसरे को जानते हैं और इसलिए यहाँ चाट और ताँगे वाले छोटेलाल जी ने मुझे पहचान लिया। इतने में चाट वाले भैया ने अनु और सरिता को फलों की चटपटी चाट बनाकर पकड़ा दी। चाट में पुदीना, इमली इत्यादि कई

चटनियाँ मिली हुई थीं, जिसका एक चम्मच मुँह में डालते ही सरिता बोली "वाह चाची! आपके गाँव में आने से मुझे फायदा हो गया, अब हम यहाँ रोज चाट खाएँगे।"

"हाँ सरिता ज़रूर, मैं भी रोज स्कूल से लौटते समय अपनी सहेलियों के साथ यहाँ चाट खाती थी और अब शादी के बाद शहर में यह सब मुझे बहुत याद आता है।" सरिता और अन्नपूर्णा चाट खाते तथा छोटेलाल जी अपने ताँगे की रफ्तार बढ़ाते घर पहुँच गये। घर पहुँचे तो अन्नपूर्णा ने सरिता का सबसे परिचय करवाया। लेकिन सरिता के परिचय की किसी को ज़रूरत ही नहीं पड़ी, क्योंकि घर में सरिता को सब पहले से ही जानते थे। अन्नपूर्णा अक्सर पीहर आती थी तो सरिता का जिक्र छेड़ बैठती थी। अन्नपूर्णा के पीहर में सरिता को पल भर भी महसूस न हुआ कि वह चाची के पीहर आयी है। वहाँ उसे वही अपनापन और प्यार मिला, जो अपने ननिहाल में मिलता था।

अगले दिन जब अन्नपूर्णा के भाई मोहित ने बताया कि कल से गाँव में मेला आरंभ होने वाला है, तो दोनों की उत्सुकता बढ़ गयी। यह वही मेला था, जिसका गाँव वाले बेसब्री से इंतजार करते हैं और जिसके लिए सरिता भी चाची के साथ उनके गाँव आयी थी। अगले दिन मेले में जाने से पहले अन्नपूर्णा, सरिता से बोली "सरिता देखो न कितना सुन्दर हरियाणवी लहँगा है, यह लहँगा मैंने तुम्हारे

लिए बनवाया है, सफेद कमीज और गोटा जड़ी चुन्नी तुम पर खूब फबेगी।'' सचमुच लहँगा बहुत सुन्दर था, जो सरिता को खूब भा गया। वह तुरन्त ही लहँगा पहनकर चाची के पास आ गयी।

''अरे वाह सरिता, तुम तो बिल्कुल ही अलग लग रही हो... जैसा मैंने सोचा था उससे भी कहीं ज़्यादा सुन्दर; रुक ज़रा एक मिनट तेरे कान के पीछे एक काला टीका तो लगा दूँ, कहीं मेरी ही नजर न लग जाए।'' ऐसा कह चाची ने अपनी आँख से थोड़ा-सा काजल निकालकर सरिता के कान के पीछे लगा दिया और दोनों मेले के लिए चल पड़ीं।

मेले में जाना सरिता का नया अनुभव था। इससे पहले वह कभी किसी मेले में नहीं गयी थी। वहीं चाची अन्नपूर्णा को भी मेले में पहले कभी इतना आनन्द नहीं आया था। दोनों ने खूब मस्ती की, कई प्रकार के व्यंजन चखे, बरफ की चुस्की और खट्टी-मीठी गोलियाँ खाने में उसे इतना आनन्द आ रहा था, जो कभी शहर में पिज़्ज़ा और बर्गर खाने में नहीं आया। इतना ही नहीं उन्होने वहाँ कठपुतली का नाच भी देखा। मेले के बाद जब सरिता और चाची घर के लिए निकल रही थीं तो सरिता की नजर एक दुकान पर गयी। उस दुकान में कुछ पालतू जानवर रखे हुए थे। सरिता ने चाची को इशारा करते हुए कहा 'देखो चाची, कितने सारे पालतू जानवर हैं, चलो न उनको देखने चलते हैं।''

''नहीं सरिता, बिल्कुल नहीं, जानवरों और पक्षियों को यूँ कैद देखना मुझे बिल्कुल पसंद नहीं है।''

''पर चाची... इतना कह सरिता निराश हो गयी। चाची ने सोचा कि उनके इस प्रकार मना करने से सरिता निराश हो गयी है और दीदी (सरिता की माँ) क्या सोचेंगी, जब उन्हें सरिता की उदासी का पता चलेगा... इसलिए सरिता को खुश करने के लिए चाची बोली ''अरे अरे! मेरी प्यारी गुड़िया, नाराज क्यों होती हो, चलो न हम उन पशु-पक्षियों को देख आते हैं। जब वह दोनों दुकान के नजदीक पहुँचे तो उन्होने वहाँ कई प्रकार के कुत्ते, रंगीन चिड़ियाँ, तोते इत्यादि देखे। तभी सरिता की नजर पिंजरे में बन्द एक नीली चिड़िया के जोड़े पर पड़ी, जो नीले रंग की थीं... लेकिन उनके पंख पीले थे। इतनी सुंदर चिड़िया! चाची देखो ना।'' सरिता के इतना कहते ही दुकानदार बीच में बोल पड़ा, ''यह विदेशी चिड़िया है, यहाँ गाँव के मेले में बेचने के लिए खास विलायत से मँगवायी है; शहर में भी आपको यह चिड़िया नहीं मिलेगी और अगर मिल गयीं तो बहुत ज़्यादा कीमत होगी इनकी।'' इतने में सरिता ने चिड़िया खरीदने की जिद पकड़ ली। ''चाची, मुझे यह सुंदर चिड़िया दिलाओ न... मुझे यह चिड़िया बहुत भा गयी है।'' चाची, सरिता को चिड़िया खरीदने के लिए मना करना चाहती थीं, लेकिन भूल से भी प्यारी सरिता को बुरा न लग यह सोच वह चुप रहीं। सरिता के बार-बार जिद

करने से अन्नपूर्णा समझ गयी थी कि सरिता को रंगीन चिड़िया बहुत भा गयी है और अगर न खरीदी तो वह उदास हो जाएगी, इसलिए दोबारा सरिता के कहने से पहले उन्होंने चिड़िया का जोड़ा खरीद लिया। ''अरे भैया, ज़रा बड़ा पिंजरा दो न, छोटे से पिंजरे में बेचारी कैसे रहेगी, चाची के इतना कहते ही सरिता बीच में चिल्ला पड़ी है अरे वाह! इन चिडी-चिड़ा के इतने सुन्दर पंख... लेकिन तुम खाना क्या खाओगे!'' तभी दुकानदार ने एक पैकेट सरिता को थमा दिया और कहा, यह दोनों इस पैकेट का खाना ही खाती हैं, यह आपको आसानी से कहीं भी मिल जाएगा।'' अब सरिता को दो दोस्त मिल गये थे। घर पहुँचे तो सरिता के चाचा का फोन आ गया। फोन सरिता ने ही उठाया।

''सरिता बिटिया, कैसी है मेरी लाड़ली! क्या-क्या मस्ती की, अपनी चाची के साथ।'' आलोक ने पूछा।

''चाचाजी बस पूछो मत, क्या बताऊँ।''

''अरे! ऐसा क्या कर डाला तुम्हारी चाची ने, जो तुम बता भी नहीं सकती।'' आलोक ने हँसते हुए पूछा।

''चाची ने मेरा खूब खयाल रखा है और बहुत अच्छे दोस्त भी दिलवाये हैं।'' सरिता अभी अपनी बात पूरी ही करती कि चाची पीछे से बोलीं ''सरिता, सब बातें अभी कर डालोगी या कुछ बचाकर भी रखोगी; अब ज़रा मुझे भी

अपने चाचाजी से बात करने दो।

"आलोक जी, सब बढ़िया है; आप सरिता की बिलकुल परवाह न करें।" अन्नपूर्णा ने फोन कान पर लगाते कहा।

"अनु, तुम्हारे होते सरिता की चिंता कौन करेगा; लेकिन हाँ, मैं तुम्हारे बिना तीन-चार दिन में ही दुबला हो गया हूँ और सरिता नहीं है तो घर बिल्कुल ही शान्त-सा प्रतीत होता है... भाभी घर के काम में व्यस्त रहती हैं और भैया दफ्तर में। अब तुम दोनों वापस आ जाओ; कल मेरी छुट्टी है तो मैं सोच रहा हूँ तुम दोनों को लेने चला आऊँ... तुम और सरिता मेरे साथ आराम से वापस आ सकोगे।"

अगली सुबह सवेरे ही आलोक शहर से गाँव पहुँच गया। सरिता तो अभी उठी भी नहीं थी और अनु नाश्ता बना रही थी।

"अरे वाह अनु... सुबह-सुबह आलू के पराठे बना रही हो।" "हाँ आलोक, थोड़े रास्ते के लिए भी रख लेंगे। आप ज़रा आराम कर लीजिए, रात भर के सफर से थक गये होंगे।"

"मैं बिलकुल भी नहीं थका हूँ अनु; अच्छा ये बताओ हमारी सरिता कहाँ है?" आलोक ने इधर-उधर नजर दौड़ाते हुए पूछा।

''सरिता तो अभी उठी ही नहीं है आलोक, बस पंराठे बनाकर उसे उठाती हूँ।''

''नहीं अन्नपूर्णा, तुम रहने दो, मैं खुद ही जाता हूँ।'' आलोक ने कहा। आलोक कमरे में गया तो सरिता अपनी सुन्दर चिड़िया से बातें कर रही थी।

''आप यहाँ चाचा जी!'' आलोक को देखकर वह भागी चली आयी।

''अरे सरिता, इतनी सुंदर चिड़िया तुम्हारे पास?''

''हाँ चाचाजी, कल शाम चाचीजी ने मुझे इन्हें मेले से दिलवायी है।''

''अरे वाह! बहुत सुंदर है तुम्हारी चिड़िया सरिता।।''

इतने में अन्नपूर्णा पराठे ले आयी। अन्नपूर्णा ने आलोक और सरिता को पराठे परोसे। पराठे खाकर सरिता जल्दी तैयार हो गयी और गाड़ी में सबसे पहले जा बैठी, क्योंकि अब घर जाकर अपनी सुन्दर चिड़िया शहर के दोस्तों को भी तो दिखानी थी।

शहर वापस आकर चाची-चाचा अपनी दिनचर्या में व्यस्त हो गये और सरिता अपनी पढ़ाई में। लेकिन वह अभी भी स्कूल से आकर अपनी दोस्त चिड़िया के साथ खूब बातें करती थी। कुछ दिनों के बाद स्कूल में परीक्षा शुरू होने वाली थी, जिसके कारण सरिता ने देर रात तक

पढ़ाई की और अगली दोपहर स्कूल से आते ही खाना खाकर सो गयी। दोपहर में माँ कमरे में आयी तो चिड़िया के बारे में पूछने लगी... लेकिन सरिता तो आज अपने मित्रों से मिली ही नही। माँ के द्वारा जिक्र करने के बाद वह घर के आँगन में गयी तो उसने देखा कि रसोई की खिड़की पर लटका पिंजरा नीचे गिरा हुआ है और उसमें दोनों चिड़िया मरी पड़ी थीं, जिन्हें देख सरिता रोने लगी। सरिता का रोना सुन चाची और माँ आँगन में दौड़ते आये। मरी चिड़िया को देख वह भावुक हो गये। पहले तो उन्हें किसी बिल्ली या कुत्ते पर शक हुआ। तभी चाची की नजर छत की मुँडेर पर बैठे बड़े से गिद्ध पर गयी। जिसे देख वह समझ गई थी कि इन मासूम नाजुक चिड़िया को उस गिद्ध ने अपना शिकार बनाने की कोशिश की है। अपने प्रिय मित्रों को मरा देख सरिता ने कसम खा ली कि वह अब कभी कोई पक्षी या जानवर नहीं पालेगी। उसने सोचा, शायद खुले आसमान में उड़ने वाली चिड़िया खुद को बचा सकती थी, अगर वह किसी पिंजरे में कैद न होती। इसके बाद चाची ने बड़े ही भारी मन से दोनों मृत चिड़िया को पिंजरे से बाहर निकाला और आँगन में पीछे की ओर ले जाकर मिट्टी में दबा दिया।

नीम का पेड़

बरसों पहले की बात है। शहर के सटे एक छोटे से गाँव में कुछ कारोबारी आये थे। यह कारोबारी किसी नये कारोबार को शुरू करने के कारण आस-पास के पेड़ पौधे काट रहे थे। उस गाँव में एक रघु नाम का व्यक्ति भी रहता था, जिसकी रोजी-रोटी इन पेड़ों की देख-रेख करने के बदले मिले रुपयों से चलती थी।

एक दिन कुछ बच्चों की टोली भागती हुई रघु के पास आयी। बच्चों ने रघु को बताया कि उसके प्यारे पेड़ों को कुछ कारोबारी काट रहे हैं। पेड़ों के कटने की खबर सुन

रघु भागा दौड़ा उस इलाक़े की ओर पहुँचा, लेकिन उसके पहुँचने से पहले ही अस्सी प्रतिशत पेड़ कट चुके थे। जिसमें नीम का एक पेड़ भी था। अपने पेड़ों को यूँ कटा देख रघु निराश हो गया। अब रघु करता तो क्या करता... उसके अकेले चाहने से कुछ होता तभी तो कुछ करता न। वह आँखें नम कर पलटा ही था कि उसके पैर के तले में अचानक कुछ चुभ गया। जब झुककर देखा तो नीम के पेड़ की एक निंबोली उसके पैर के नीचे आ गयी थी। वही नीम, जो रघु के लिए बहुत खास था। निंबोली का यूँ पैर के नीचे आना संयोग था। उसने निंबोली उठाकर जेब में रख ली। उसे ऐसा प्रतीत हुआ जैसे जाते-जाते नीम ने अपना कोई अंश उसे सौंप दिया हो। पेड़ों के कट जाने से रघु उदास मन से घर पहुँच गया। वह अब बेहद निराश था। घर का खर्च कैसे चलेगा और ऊपर से बिंदिया (रघु की पत्नी) का आठवाँ महीना था। अब घर में एक और सदस्य जुड़ने वाला था। नवजात के आने के बाद बिंदिया और बच्चे की अच्छी देख-रेख और खाना-पीना कैसे होगा, आदि सोचते-सोचते रघु, घर के पीछे आँगन में जा पहुँचा। तभी बिंदिया, रघु के कदमों कि आवाज सुन उसके लिए पानी और कपड़े ले आयी और बोली ''यह लीजिए पानी पी लीजिए और कपड़े भी बदल लीजिए, आपके कपड़े काफी मैले हो गये है''

जब रघु कपड़े बदलने लगा तो उसकी जेब से निंबोली नीचे रड़क कर गिर गयी।

“अरे! यह क्या है?” बिंदिया ने पूछा।

“क्या बताऊँ बिंदिया, कारोबारियों ने मेरे सारे पेड़ काट दिये हैं; वही देखने गया था और लौटते समय यह निंबोली मेरे कदमों के नीचे आ गयी थी, पता नहीं मैं क्यों उठा लाया इसे।

“निंबोली... पर यह तो कुछ ही दिनों में सूख जाएगी; लाओ यह मुझे दे दो, मैं इसे सही जगह पर रख देती हूँ।” रघु ने निंबोली बिंदिया को सौंप दी और बिंदिया ने उसे वहीं आँगन में छोटा-सा गड्ढा खोदकर जमीन में गाड़ दिया। घर की आमदनी न होने की चिन्ता में रघु भूल ही गया था कि बिंदिया नें निंबोली को आँगन में गाड़ा है।

कुछ दिन के बाद बिंदिया ने एक प्यारी-सी बेटी को जन्म दिया। बेटी के जन्म पर दोनों बहुत खुश थे। यहाँ बेटी का जन्म हुआ और वहाँ रघु को दिगम्बर ने अपनी राशन की दुकान पर बतौर नौकर रख लिया। प्रसन्नता से लीन रघु, बिटिया को उठाये आँगन में घुसा ही था, तभी उसकी नजर धरती से निकलते एक पतले से बालवृक्ष पर पड़ी। रघु को पेड़ों की काफी जानकारी थी, इसलिए पतले से बालवृक्ष को देख वह तुरन्त पहचान गया था कि वह नीम का पेड़ है। उस बालवृक्ष को देख रघु को याद आ गया कि पिछले महीने लगभग पन्द्रह-बीस दिन पहले बिंदिया ने इस जगह पर निंबोली गाड़ी थी। दिगम्बर की दुकान में नौकरी, बेटी का जन्म और नीम के नन्हें पेड़ का धरती से

निकल आना सब संयोग ही तो था।

रघु ने बिटिया की देखभाल के साथ-साथ उस नन्हे नीम की भी खूब देख-रेख की। दस वर्ष में नीम का पेड़ एक विशाल पेड़ का रूप ले चुका था। वहीं बेटी राधिका भी अब सयानी हो गयी थी। बचपन से पिता का नीम के पेड़ के लिए यूँ प्रेम देखना उसे बिलकुल अच्छा न लगता था, इसलिए एक दिन वह पिता से प्रश्न कर बैठी, "पिताजी आपको अपनी बेटी और नीम के इस पेड़ में कौन अधिक प्रिय है?"

पिताजी ने ज़रा भी देर न लगाते हुए कहा "तुम ही प्रिय हो राधिका बेटी... माता-पिता को संतान से प्रिय कुछ नहीं होता है; पर हाँ, यह नीम का पेड़ मुझे संतान से कम नहीं है। तुम्हें पता है, जब तुम छोटी-सी थी तो मैं तुम्हें इसकी शीतल छाया में बिठाता था और तुम झट से सो जाती थी। इस पेड़ की मजबूत टहनियों पर रस्सी बाँधकर मैंने तुम्हें कई दफा झूला झुलाया है। रघु हँसते–हँसते बीते पलों को याद कर रहा था, लेकिन राधिका तो बदले में नाक और मुँह ही सिकोड़ रही थी, रघु की बातों और भावनाओ को ज़रा भी न समझ रही थी। "पगली, बेजुबान पेड़ से कैसा बैर; यह तो हमें कितना कुछ देते हैं- स्वच्छ हवा और स्वस्थ वातावरण, फल–फूल आदि और बदले में हमसे कुछ नहीं लेते।"

अगले वर्ष गाँव में खूब वर्षा हुई। वर्षा के कारण

जगह-जगह पानी ठहर गया था। पानी में मच्छर-मक्खियाँ तथा सैकड़ों बीमारियाँ पनपने लगी थीं। उपचार के लिए शहर से गाँव वालों को महँगी दवा मुहैया करवाना मुमकिन न था और इलाक़े के लोगों के पास इतनी धनराशि नहीं थी कि शहर जाकर इलाज करवा सकें। डेंगू और मलेरिया ने काफी गाँववासियों को अपनी चपेट में ले लिया था, जिसके कारण लोगों में काफी भय था। शहरी डॉक्टर गाँव में आकर इलाज करने को राज़ी न थे, क्योंकि उन्हें शहर में इलाज करने की अच्छी रकम मिलती थी। गाँव में बीमारियाँ तो थीं, पर पैसे न थे, इसलिए कोई डॉक्टर शहर छोड़, छोटे से गाँव में आकर इलाज क्यों करता।

रघु ने दिगम्बर कि दुकान में रखे एक अख़बार में पढ़ा था कि नीम के तेल में जलाया गया दीपक मच्छरों को दूर भगाता है। उसने सोचा, अगर मच्छरों की समाप्ति तक गाँव के हर एक घर में रोज नीम का तेल जलाया जाए तो गाँव से मच्छर छूमन्तर हो जाएँगे।

इसलिए रघु ने गाँव में हर एक व्यक्ति से नीम के तेल का दीपक जलाने को कहा। गाँव के लोगों के पास कोई ठोस उपचार न था, इसलिए रघु कि सुझायी बात को मानकर नीम के तेल का दीपक जलाने लगे। विशाल नीम के पेड़ से रोजाना खूब सारी पत्तियाँ तोड़ी जातीं और अन्य तेल में डाल उसे पकाया जाता था, फिर बड़ी-सी छलनी से तेल को छाना जाता था। इस प्रकार नीम के पत्तों से तेल को

बनाने कि प्रक्रिया पूरी की जाती, फिर तेल को किसी बड़े से बर्तन में भरकर लम्बी-सी बत्ती की सहायता से जलाया जाता। यह सस्ता और असरदार उपचार था। देखते ही देखते इलाक़े से मच्छर समाप्त हो गये। अब नीम का पेड़ केवल रघु का ही नहीं, अपितु सबका प्रिय हो गया था। नहाने से लेकर तेल बनाने तक नीम के पत्तों का खूब इस्तेमाल किया जाता था। नीम के तैल से डेंगू, मलेरिया जैसी भयानक बीमारियाँ ख़त्म हो गयी थीं। पेड़ के गुण देख राधिका का हृदय परिवर्तित होने लगा। वह समझ गयी थी की वह अपने जीवन की सबसे बड़ी गलती कर रही थी। उसने सोचा कि वह कितनी नासमझ थी, जो नीम जैसे गुणी वृक्ष से खुद की तुलना कर बैठी थी। यह उपकारी वृक्ष सचमुच महान है, जिसके उपयोग से डेंगू और मलेरिया जैसी बीमारियाँ दूर हुई हैं और गाँव के लोगों का बहुमूल्य जीवन बचा है। वह वृक्ष के समीप गयी और उसकी मोटी टहनियों को अपनी छोटी-छोटी बाँहों में भर लिया। राधिका का नीम के पेड़ से स्नेह देख रघु प्रसन्न हो गया। अब रघु, राधिका और अन्य सभी गाँववासी नीम के पेड़ से स्नेह करते थे। गाँव वालों के स्नेह के बदले में नीम के पेड़ ने सदियों उनकी रक्षा की और इस प्रकार उन्हें अपने आँचल में छुपाकर रखा।

सचमुच, वृक्ष हमारे लिए बहुत महत्त्वपूर्ण हैं... यह हमें सच्चे मित्र की भाँति इतना सब देने पर भी बदले में हमसे कुछ नहीं लेते हैं।

मुदित का अमरीकी रोबोट

मुदित पढ़ने-लिखने व खेलकूद में आगे था और अपनी लगन व मेहनत के कारण सबका प्रिय था। एक बार स्कूल में खेल-प्रतियोगिता के दौरान मुदित के दाहिने हाथ में चोट लग गयी। चोट इतनी गहरी थी कि मुदित की कलाई की हड्डी टूट गयी, जिसके कारण वह कोई काम नहीं कर पाता था और इसी कारण उसके माता-पिता भी बहुत चिन्तित हो गये। मुदित अब पहले कि भाँति अपना काम नहीं कर सकता था, इसलिए उसे कई मुसीबतों का सामना करना पड़ता।

एक दिन पिताजी ने मुदित की चोट के बारे में अपने छोटे भाई से जिक्र किया। छोटा भाई नवीन, अमेरिका में रहता था और अक्सर मुदित के लिए उपहार भेजता था। जब मुदित के पिताजी छोटे भाई से बात कर रहे थे, तो छोटे भाई ने कहा ''भैया, आप चिंता न कीजिए, मुदित जल्दी ठीक हो जाएगा।''

बातों ही बातों में छोटे भाई नवीन ने बड़े भाई को एक रोबोट के बारे में बताया। पिता ने सोचा, जब तक मुदित का हाथ ठीक नहीं होता है, तब तक यह रोबोट उसका कार्य करने में मदद कर देगा। इसलिए बड़े भाई ने नवीन से वह रोबोट मँगवा लिया। कुछ ही दिनो में अमेरिकी रोबोट का पार्सल भारत आ गया, जिसे खोलते हुए पिताजी ने मुदित को अपने समीप बुलाया और कहा ''मुदित बेटा, यह देखो, यह एक रोबोट है; तुम्हारे अमेरिका वाले चाचाजी ने जब इस रोबोट का जिक्र किया तो मैंने तुरन्त इसे तुम्हारे लिए मँगवा लिया। अमेरिका का यह रोबोट महँगा जरूर था, परंतु बहुत काम का था। वह इस प्रकार मॉनिटर किया गया था, कि जिस प्रकार का कार्य बताया जाए, वह उसी प्रकार कार्य करने लगता था।

रोबोट सचमुच बड़ा ही सुन्दर था। उसका आकार कुछ ऐसा था जैसे मोम का कोई पुतला जीवित हो गया हो। वह मनुष्यों की तरह चल फिर सकता था, बटन दबाते ही वह सब कार्य करने लगता था। रोबोट देख मुदित बोला

''पिताजी यह रोबोट तो बहुत ही सुन्दर है... मुझे तो ऐसा प्रतीत होता है जैसे मेरा कोई दोस्त सामने बैठा हो; पिताजी मैं तो कल्पना भी नहीं कर सकता था इतने अच्छे चलते-फिरते रोबोट की... वास्तव में मैं चाचाजी और आपका धन्यवाद करता हूँ।''

''हाँ बेटा, यह रोबोट तुम्हारा दोस्त ही तो है; यह तुम्हारी मुसीबत के समय में सहायता करेगा, इसलिए इसको ध्यानपूर्वक उपयोग में लाना।'' पिताजी ने मुदित की बात का जवाब देते हुए कहा।

पिताजी के जाते ही मुदित ने रोबोट के पुर्जे देखना शुरू कर दिया और वह हर पुर्जे के साथ ''अरे वाह! अरे वाह!'' कह खुश होता जा रहा था। वह प्रसन्नता से बोला ''पिताजी और चाचाजी तो बड़ा अच्छा दोस्त ले आये मेरे लिए, कल स्कूल जाऊँगा तो यह मेरी मदद करेगा।''

अगले दिन जब मुदित स्कूल पहुँचा तो अध्यापक जी ने बहुत लम्बा पाठ पढ़ाया। अब बारी थी प्रश्नों के उत्तर की। तभी अध्यापक जी का ध्यान मुदित की ओर गया, ''मुदित बेटा, अब कैसा हाथ है तुम्हारा? तुम्हारे पिताजी काफी चिन्तित थे तुम्हारे लिए... मुझे भी लगता है तुम कार्य नहीं कर पाओगे, इसलिए मैं गणेश को बोलता हूँ, वह तुम्हारी मदद कर देगा।''

''नहीं नहीं मास्टर जी, मुझे उसकी ज़रूरत नहीं

होगी... यह देखिए, पिताजी ने मेरे लिए यह रोबोट मँगवाया है अमेरिका से; यह जल्दी और बिना थके झट-पट सारा काम कर सकता है।

''अरे वाह मुदित, यह तो बहुत अच्छी बात है!'' अध्यापक जी ने कहा।

अब मुदित को जो भी कार्य करना होता था, एक बटन दबाते ही रोबोट द्वारा हो जाता। मुदित को इस प्रकार सहायता मिलने से खूब मजा आने लगा। वह दिन-प्रतिदिन रोबोट पर इतना निर्भर हो गया कि अब उसे खुद से कोई काम करना पसन्द ही नहीं था... यहाँ तक कि अध्यापक जी उसको याद करने के लिए जो कार्य देते थे, उसमें भी वह रोबोट का ही प्रयोग करता। रोबोट तो एक यन्त्र था, जो न रुकता और न थकता। मुदित धीरे-धीरे रोबोट पर इतना निर्भर हो रहा था कि वह मेहनत करना भूलता जा रहा था। गुजरते वक्त ने उसके हाथ की चोट को धीरे-धीरे भर दिया था। अब आयी परीक्षा की बारी।

परीक्षा के दिन अध्यापक जी मुदित से बोले 'बेटा, अब तुम्हारा हाथ ठीक प्रतीत होता है; तुम स्वयं अपना कार्य कर सकते हो, इसलिए आज की परीक्षा तुम इस रोबोट की सहायता के बिना ही करोगे, स्वयं से ही तुम प्रश्नों के उत्तर लिखना।'' अध्यापक जी के कहने पर मुदित घबरा गया, क्योंकि कक्षा में अव्वल आने वाला मुदित, अब मेहनत करना भूल गया था... मेहनत और

लगन से मुदित का अब कोई वास्ता नहीं रहा था, जिसके कारणवश वह परीक्षा में फेल हो गया। अध्यापक जी ने जब पिताजी को बताया कि मुदित परीक्षा में पास नहीं हुआ है, तो यह खबर सुन मुदित निराश हो गया और ज़ोर-ज़ोर से रोने लगा। अध्यापक जी मुदित को भली प्रकार जानते थे, मुदित की मेहनत और लगन को भूले न थे। वह समझ गये कि उनका प्यारा मुदित केवल बहक गया है और शायद उसका फल भी उसे मिल गया है, इसलिए वह मुदित को समझाते हुए बोले ''मुदित बेटा, हमें मशीन और अन्य उपकरण जैसी चीजों पर कभी निर्भर नहीं होना चाहिए... यह तो केवल हमारी सहायता और कार्यों को आसान बनाती हैं। हर व्यक्ति को अपना कार्य खुद ही करना पड़ता है। जब कभी हमें इन वस्तुओं की अत्यधिक अवश्यकता होती है, तभी इनको उपयोग में लाना चाहिए, व्यर्थ ही इनका प्रयोग हानिकारक सिद्ध होता है।''

परीक्षा में फेल होने के बाद और मास्टर जी से मिले लम्बे भाषण से अब मुदित को अपनी गलती समझ आ गयी थी और उसने कसम खा ली, कि जीवन में ऐसी गलती वह दोबारा कभी नहीं करेगा और पहले की भाँति ही वह जी लगाकर मेहनत व पढ़ाई करेगा।

मालू

मालू, गुलाब नर्सरी में नौकर लगा हुआ था। यह शहर की सबसे बड़ी नर्सरी थी। यहाँ के मालिक जिंदल ने मालू को रोजाना ठेले में कुछ फूल-पौधे रख शहर भर बेचने का काम सौंपा हुआ था।

एक दिन जब मालू, ठेले पर पौधे बेच रहा था, तो शर्मा जी की पत्नी शीला, जिन्हें बागवानी का बहुत शौक था, मालू के हरे-भरे पौधों से लदा ठेला देख रोकती हुई पूछने लगीं ''भैया कौन-सी नर्सरी से आये हो आप?''

"जी बीबी जी, गुलाब नर्सरी से।'' मालू ने कहा।

"गुलाब नर्सरी? वही जो चौराहे के उस पार है? मैं कई दफा वहाँ से पौधे लायी हूँ, पर मैंने तो तुम्हें वहाँ पहले कभी नहीं देखा।''

"कैसे देखतीं बीबीजी, मैं सवेरे ही तो पौधे लेकर निकल जाता हूँ और शाम ढले ही वापस आता हूँ।''

"अच्छा भैया, मुझे कुछ नये पौधे लगवाने हैं।''

"जी बीबीजी जरूर... कौन से पौधे लगवाना चाहती है आप? फूल, सब्जी, फल सभी प्रकार के हैं।'' शीला की पौधे लगवाने की बात सुन मालू बोला।

"अच्छा ठीक है, ठीक है भैया, आप कुछ ऐसे पौधे निकाल दो जो जरा लम्बा चलें।''

"बीबीजी, यह देखिए कितने सुन्दर पौधे हैं... सूरजमुखी, चम्पा, चमेली और भी हैं, देखो तो बीबीजी; इन पौधो में बड़े ही सुन्दर फूल उगते हैं।

"क्या क़ीमत है इनकी?'' शीला ने एक गमला हाथ में उठाते हुए पूछा।

"मात्र दो सौ रुपये मैडम जी।''

"भैया, जरा-सा पौधा और कीमत इतनी... ना ना रहने दो, मैं जिंदल भाई साहब की पुरानी ग्राहक हूँ, मुझे

ठीक दाम बताओ।''

''बीबीजी अब एक पौधे में क्या कम किया जाए, ज्यादा हों तो कुछ आसार भी हैं।''

''हाँ लेने तो चार-पाँच पौधे हैं, पर भैया बस जरा रुपया ठीक लगा दो।'' शीला के कहते ही मालू ने पौधों में उन्नीस-बीस रुपया कम कर दिया और चार-पाँच सुन्दर हरे-भरे पौधे ठेले से नीचे उतार दिये।

शीला ने पहले भी घर के पीछे कई पौधे लगाये हुए थे, जिनमें से एक पौधा काफी कमजोर हो गया था। शीला ने उस पौधे की तरफ इशारा करते हुए कहा ''भैया, यह देखो यह पौधा पीला पड़ रहा है, इसके पत्तों में जान नही लगती।''

''पीला तो पड़ेगा ही बीबीजी... अगर आप इसको सही समय में, सही मात्रा में पानी देतीं तभी तो सही रहता।'' मालू ने पौधे का एक पत्ता तोड़ते हुए कहा।

''अरे भैया, मैं तो पानी, धूप सबका ख़याल रखती हूँ, लेकिन फिर भी यह पौधा कमजोर होता जा रहा है।''

''अच्छा तो ठीक है बीबीजी, मैं इसमें थोड़ी खाद लगा देता हूँ।'' इतना कह मालू ने अपने बोरे में से एक छोटी-सी खुरपी निकाली और गमले में खुदाई करना शुरू कर

दिया।

गरमियों के दिन थे। सुबह आठ बजे ही सूरज की किरणें चुभने लगती थीं। मालू खुदाई कर ही रहा था कि गरमी के कारण पसीने में तर हो गया, इसलिए शीला से बोला ''बीबीजी, बहुत गरमी है, जरा पानी पिला दीजिए।''

''हाँ भैया जरूर, अभी पानी लेकर लाती हूँ।'' इतना कह शीला पानी लेने रसोई में चली आयी कि तभी मालू की खुरपी से गमले की खुदाई करते समय कुछ टकरा गया। उसने सोचा गमले की मिट्टी में शायद नीचे कोई पत्थर दबा है। जब उसने थोड़ी और खुदाई की, तो कुछ चमकती हुई वस्तु उसे दिखाई पड़ी, जिस पर मिट्टी चिपकी थी। उसने उस चमचमाती वस्तु को हाथ में उठाया ही था, तभी शीला के कदमों के आने की आवाज सुन वह हड़बड़ा गया और इसलिए उसने वह चमचमाती वस्तु झट से अपनी कमीज की जेब में डाल ली। आखिर यह चमचमाती वस्तु क्या हो सकती है, यह सोच वह जल्दी ही कुछ पौधे लगाकर वहाँ से निकल गया।

गमलों की खुदाई के दौरान उसने शीला की बात सुनी थी, जो अपनी बहन माया से कह रही थी कि ''शर्मा जी ने उसे कुछ दिन पहले ही एक सोने की जंजीर दिलवायी थी, जो उससे कहीं गुम हो गयी है, करीब लाख रुपए की है... शर्मा जी को गुम हुई जंजीर का पता लगेगा तो काफी गुस्सा

करेंगे।''

घर से निकल मालू ने जेब से वह चमचमाती वस्तु निकाली, तो उसने देखा कि जिस जंजीर के बारे में शीला बात कर रही थी, वह तो वही जंजीर है। जंजीर लेकर मालू सीधा घर चला आया। उसने सोचा अगर वह नर्सरी गया और यदि मालिक ने उसके हाथ में सोने की जंजीर देखी तो वह कई सवाल करेंगे।

घर पहुँचकर मालू ने जंजीर को नल के नीचे रखा तो पानी के पड़ते ही जंजीर साफ हो गयी। जंजीर में छोटे हीरे जड़े थे। मिट्टी हट जाने के कारण जंजीर अब पहले से भी ज्यादा चमक रही थी। उसने सोचा, यदि इसे बेच दिया जाए तो बदले में उसको अच्छे दाम मिलेंगे और फिर उसको किसी के यहाँ काम न करना पड़ेगा। इतना सोचते ही उसने तुरन्त जंजीर जेब में डाली और सुनार की दुकान पर पहुँच गया। सुनार की दुकान में काफी भीड़ थी। इतने लोगों के सामने हीरे जड़ी जंजीर बेचने पर लोगों को उस पर सन्देह हो जाता। पकड़े जाने के डर से उसने अगली सुबह फिर से आने का विचार किया।

रात भर मालू, सोने की जंजीर को निहारता रहा। माँ की नजर से बचा वह चुपके से उसे निकालता... कुछ देर देखता और फिर वापस जेब में रख देता था। मालू ने पहले कभी सपने में भी इतना सोना नहीं देखा था और आज तो

उसके हाथ में सोने की मोटी हीरे जड़ी जंजीर थी, जिसे निहारते वह कब सो गया उसे पता ही न चला। तड़के सवेरे जब आँख खुली तो उसकी बेचैनी बढ़ गयी थी। वह स्नान आदि कर खाने के लिए बैठा ही था कि सोने के बदले खूब सारा पैसा मिलेगा, इस ख़्याल से खुश हो रहा था। लेकिन जब सुनार की दुकान पर पहुँचा तो उसे बेचैनी होने लगी। वह समझ नहीं पा रहा था कि उसे बेचैनी क्यों हो रही है। 'शायद आज मेरी तबीयत ठीक नहीं है, मुझे घर जाना चाहिए।' वह खुद से ही बड़्बड़ाया। घर पहुँचा तो गुलाब नर्सरी के मालिक का फोन आया था। फोन मालू की माँ ने उठाया।

''विमला बहन जी, मालू आज पौधशाला नहीं आया; अगर वह आज गमलों की डिलीवरी नहीं करेगा तो मेरा भारी नुकसान हो जाएगा'' नर्सरी के मालिक ने कड़क स्वर में सवाल पूछा।

मालू के आते ही माँ ने पूछ लिया ''बेटा, भाई साहब कह रहे थे कि तुम आज पौधशाला नहीं गए हो।''

''क्या बताऊँ माँ, अब तुमसे नहीं छुपाऊँगा... कल जब मैं पौधों की ठेली लेकर शहर भर घूम रहा था, तो किसी बड़े से घर की सेठानी ने मुझे आवाज लगायी और मुझसे कुछ पौधे खरीदे... और जब मैं उनके घर में वह पौधे रोप रहा था, तो मेरी खुरपी से कुछ टकरा गया; मैंने

सोचा शायद कोई पत्थर टकरा गया होगा, लेकिन जब मैंने उसे हाथ में उठाया तो देखा कि वह एक सोने की जंजीर है... देखो माँ इतनी चमकदार सोने की जंजीर की मिट्टी में सनी होने पर भी उसकी चमक जरा भी कम नहीं हुई।''

''यह तो सचमुच बड़ी ही चमकदार है और महँगी भी लग रही है बेटा!'' सोने की मोटी हीरे जड़ी जंजीर देख माँ भी हैरान हो गयी।

''महँगी तो होगी ही माँ, सोना है सोना... पूरी उम्र निकल जाएगी तब भी हम इतना न कमा पाएँगे। पिता जी ने तो केवल तुझे चाँदी के जेवर ही दिये हैं और वह भी जद्दोजहद से; यह बेच दूँगा तो खूब पैसा आ जाएगा और फिर हमारा भी अपना एक घर होगा। लेकिन माँ, कल से मेरी तबीयत ठीक नहीं है; रात भी चैन नहीं था और आज सुबह भी।''

''तबीयत ठीक नहीं तो बेटा तू कुछ समय आराम कर ले, मैं तेरे लिए पानी लाती हूँ।'' माँ सुलझी और साधारण स्त्री थी, वह समझ गयी थी कि मालू की तबीयत खराब नहीं हुई, बल्कि यह उसकी अपनी आत्मा है, जो उसे यूँ बार-बार विचलित कर रही है। माँ पानी ले आयी और मालू से बोली 'बेटा तेरी तबीयत खराब होने का कारण मुझे समझ आ गया है; तेरी तबीयत बिल्कुल ठीक हो जाएगी, यदि तू यह सोने की कीमती जंजीर उन सेठानी जी को

वापस कर आएगा।''

''यह क्या कह रही हो माँ... सोना है सोना, पाया है मैंने, तुम्हें तो खुश होना चाहिए।'' मालू, जंजीर वापस जेब में डालते हुए बोला।

''नहीं, यह खुशी की बात नहीं है... जरा सोचो बेटा, अगर हम ऐसे अमीर बन जाएँगे तो क्या हासिल होगा; पैसे तो होंगे, पर मन से कंगाल हो जाएँगे और ईश्वर और अपनी नजरों में जीवन-भर के लिए अपराधी। जब पूरी जिंदगी इमानदारी से बीतायी है तो अब बेईमानी कैसे। थोड़ा है, पर मेहनत का तो है और उस मेहनत में कितना सुकून है... नहीं नहीं बिलकुल नहीं मालू बेटा, हम गरीबों की इमानदारी ही हमारा गहना है, अगर यह चला गया तो किसी और गहने से बात न बनेगी।'' मालू को माँ की बातें सुनकर अपनी गलती का एहसास होने लगा। वह समझ गया था कि उसकी बेचैनी का कारण उसकी बेईमानी है। और इसीलिए उसे कुछ अच्छा नहीं प्रतीत हो रहा था, क्योंकि उसकी आत्मा उसे गलत काम करने से रोक रही थी, इसलिए उसने माँ से वादा किया कि वह तुरन्त ही जाकर सोने की जंजीर शीला सेठानी को वापस कर देगा और उनसे माफ़ी भी माँगेगा। शीला अपनी खोयी जंजीर मालू के हाथ में देखकर चौंक गई।

''नर्सरी वाले भैया, यह जंजीर तुम्हारे पास!''

"वो... बीबी जी, गमलों की खुदाई करते समय यह जंजीर मेरी खुरपी से टकरायी थी... इतनी चमचमाती जंजीर पर मेरा मन आ गया था; लेकिन थोड़े ही क्षण बाद मुझे कुछ सही महसूस न हुआ और इसलिए माँ के कहने पर मैं इसे वापस ले आया हूँ।"

अपनी गले की जंजीर को देख शीला फूली नहीं समा रही थी। वह मालू की ईमानदारी पर खुश हो गयी और इसलिए उन्होंने ईनाम के तौर पर मालू को अच्छी रकम दी। जंजीर लौटाने के बाद अब मालू को स्वयं की तबीयत ठीक लग रही थी। वह शीला का दिया ईनाम लेकर वापस घर पहुँचा तो माँ उसके चेहरे की प्रसन्नता देख बोली, "मालू बेटा, अब तेरी तबीयत बिल्कुल दुरुस्त लग रही है।"

"हाँ माँ, अब मेरे मन से बेचैनी चली गयी है और मैं समझ गया हूँ कि सिर्फ मेहनत से कमाया हुआ धन ही मन को सुकून देता है; मेहनत का एक रुपया, फोकट के सौ रुपयों से कहीं ज्यादा बेहतर है।" इतना कह माँ और मालू ज़ोर-ज़ोर से हँस पड़े और मालू फिर से ठेला उठाकर खुशी-खुशी पौधे बेचने निकल पड़ा।

जुगनू की बेईमानी

जीतू, अपने प्रिय दोस्त जुगनू को बहुत चाहता था। वह जुगनू से केवल प्रेम ही नहीं करता था, बल्कि उस पर सबसे ज्यादा भरोसा भी करता था। लेकिन जुगनू के दिल में हमेशा स्वार्थी भावना रहती थी। वह दोस्ती की आड़ में अक्सर जीतू से पैसे ऐंठने की तरकीब निकालता रहता था। कभी वह अपनी गरीबी का कारण बताता, तो कभी मैं 'तेरा जिगरी यार हूँ' कह रुपये उधार माँगता था। जीतू अपनी दोस्ती में इतना अन्धा था कि बेईमान सवाल ही जुगनू को रुपया दे देता था। जीतू की बीवी यशोदा को जुगनू भला न

लगता था। वह अक्सर जुगनू के स्वार्थी स्वभाव के बारे में जीतू को समझाती, लेकिन बीवी के मुँह से जिगरी यार के लिए इस तरह के शब्द सुनकर जीतू लाल-पीला हो जाता था और बीवी से ऐसा कभी न कहने के लिए विनती करता। लाख बार समझाने पर भी जीतू को समझ न आता था। अब तो उसकी बीवी ने जुगनू की बात भी करना बन्द कर दिया था।

एक दिन जीतू अपने मित्र जुगनू को अपने पिता से मिली जमीन दिखाने ले गया। पिता ने काफी बड़ी जमीन सस्ते में खरीदी थी। इतनी बड़ी जमीन देख जुगनू रह न पाया और बोल पड़ा ''अरे वाह जीतू भाई, कितनी बड़ी जमीन है तुम्हारी! लेकिन यहाँ ये कैसी खेती?''

''जुगनू भाई, यह पाप्लर के पेड़ हैं।''

'पाप्लर?' जुगनू ने दोहराया।

''हाँ जुगनू, पाप्लर, यह बहुत उपयोगी पेड़ होते हैं, इन पेड़ों की लकड़ी से कई सामान जैसे क्रिकेट का बल्ला, माचिस, खिलौने आदि बनाये जाते है; मैं इन पेड़ो को लगभग आठ साल से पाल रहा हूँ।''

''आठ साल से!'' जुगनू ने फिर दोहराया।

''हाँ, लेकिन अब कुछ ही साल में इन्हें बेच दूँगा। इन्हें बेचकर मैं काफी पैसे कमा लूँगा। आठ साल कम नहीं है

दोस्त, लेकिन जुगनू, एक समस्या है।'' जीतू ने माथे पर हाथ रखते हुए कहा।

''समस्या? कैसी समस्या दोस्त? जुगनू ने भौंह सिकोड़ते हुए पूछा।

''जुगनू भाई, मुझे अपनी बीवी यशोदा को लेकर उसके गाँव जाना है।''

''गाँव जाना है, तो उसमें समस्या कैसी?''

''बस क्या बताऊँ जुगनू भाई; कुछ महीने पहले यशोदा के गाँव में भयंकर बाढ़ आयी थी... यह बाढ़ काफी मात्रा में पानी ले आयी थी, जिससे गाँव के कच्चे मकान बह गये थे और उसी में यशोदा के माता-पिता का घर भी बह गया था। मुसीबत आन पड़ी तो वह मेरे यहाँ आ गये थे, लेकिन कुछ समय से वापस गाँव जाने की जिद पकड़े हैं और बेटी के घर रुकना नहीं चाहते। जुगनू भाई, यशोदा के माता-पिता बूढ़े हो गये हैं, उनसे अब कुछ न बन पायेगा... लेकिन अपने अच्छे समय में उन्होंने हमेशा मेरी सहायता की है, तो अब मेरा भी फर्ज बनता है कि मुझे इस बुरे समय में उनकी मदद करनी चाहिए, इसलिए मुझे उनके गाँव में जाकर एक छोटा-सा मकान बनवाना है। आखिर जमाई होने का कुछ तो कर्तव्य बनता है।''

''बिलकुल सही कहा जीतू भाई, यह बहुत अच्छा विचार है; आखिर भाभी के माता-पिता अब तुम्हारे भी तो

माता-पिता हैं; लेकिन इसमें परेशानी की क्या बात है?''

''जुगनू भाई, परेशानी घर बनवाने में नहीं है, परेशानी तो यह मेरे खेत हैं। इन खेतों मे पाप्लर के पेड़ बड़े हो गये हैं, इनकी समय समय पर देख-रेख करना बहुत जरूरी है, जरा-सी लापरवाही से मुझे बहुत घाटा हो जायेगा और मेरी वर्षों की मेहनत भी बरबाद हो जायेगी।

''अरे जीतू, पेड़ ही तो हैं, क्या घाटा होगा?''

''जुगनू भाई, एक-एक पेड़ दस हजार का है, दस हजार के सौ पेड़ लगे है।''

''दस हजार के सौ पेड़! जुगनू ने आँखें बड़ी करते हुए दोहराया।''

''हाँ भाई, पाप्लर का एक पेड़ कम से कम आठ हजार का होता है और पन्द्रह हजार तक बिक जाता है।''

''क्या सच कह रहे हो जीतू भाई?'' जुगनू ने पूछा।

''अरे जुगनू तुम्ही बताओ भला मैं झूठ क्यों बोलूँगा।

अपने मित्र जीतू के मुँह से पेड़ों के दाम जानकार जुगनू के मन में लालच जाग गया। उसने कुछ देर सोचकर कहा, ''जीतू भाई, क्यों चिंता करते हो, मैं हूँ न, मैं यहाँ सब अच्छे से देख लूँगा। ऐसे समय में अगर एक दोस्त ही दूसरे दोस्त के काम न आए तो वह दोस्त कैसा... यहाँ की कोई चिन्ता न करो; तुम इत्मीनान से भाभी के साथ गाँव

जाओ और वहाँ आराम से अपने सास-ससुर का एक छोटा-सा घर बनवा आओ, इस वक्त सचमुच उनको तुम्हारी बहुत जरूरत है मेरे दोस्त।''

जीतू का दिल साफ था, इसलिए उसने बिना संकोच जुगनू पर भरोसा कर लिया और अपने खेतों को दोस्त के हवाले छोड़ गया। जीतू के जाते ही जुगनू को याद आया कि उसने पिछले साल मंगलराम से पचास हजार रुपये का कर्जा लिया था। मंगलराम अक्सर अपना उधार दिया रोकड़ा जुगनू से वापस माँगता था, इसलिए जुगनू ने सोचा कि क्यों न सौ पेड़ में से पाँच-छह पेड़ बेच दूँ... सौ में पाँच कम हो जाएँगे तो किसी को क्या खबर मिलेगी। उसने करीब दस हजार के पाँच पाप्लर के पेड़ बेच दिये और मंगलराम का पुराना कर्जा उतार दिया। कर्जा उतर गया तो वह खुश हो गया और बोला ''अरे वाह! जीतू ने तो मेरी अच्छी मदद कर दी है, मैं तो कहता हूँ ऐसा मूर्ख दोस्त सबको मिले।'' यह कहकर वह हंसने लगा''

कुछ समय बाद जुगनू जब घर पहुँचा तो उसकी बीवी टीजी मुँह फुलाए बैठी थी। बीवी को नाराज देख उसने पूछा ''अरे टीजी, क्या हुआ? क्यों मुँह फुलाकर बैठी हो?''

मुँह तो फुलाउँगी ही जुगनू जी; छोटे भाई की शादी है अगले हफ्ते और मेरे पास फूटी कौड़ी नहीं है भाई और

भाभी को देने के लिए और तुमने तीन साल पहले एक सस्ती साड़ी दिलवायी थी... अब कुछ रुपया होता तो कुछ खरीदारी ही कर लेती।'' जुगनू, टीजी की उदासी देख समझ गया कि वह आज बहुत गुस्सा है। वह मन ही मन सोचने लगा सचमुच मैंने बीवी को सालों से कुछ नहीं दिलवाया... अब उसके भाई की शादी भी आ गयी है, कुछ न कुछ तो दिलवाना ही चाहिए। उसने प्यार से टीजी को कहा ''कल मुझे कहीं से थोड़े पैसे मिलने वाले हैं, उन पैसों से मैं तुम्हें कुछ पैसे दे दूँगा, जिसमें से तुम अपने भाई के विवाह के लिए महँगी साड़ी और एक अच्छा-सा उपहार ले जाना।'' बीवी से तो वादा कर लिया, लेकिन पैसे कहाँ से आएँगे, जुगनू ने सोचा। तभी उसे जीतू के पेड़ों की याद आयी और सोचा क्यों न दस-पाँच पाप्लर के पेड़ कटवा लूँ, थोड़े पैसे टीजी के भाई की शादी में काम आ जाएंगे और बाकी पैसों से टीजी को साड़ी दिलवा दूँगा और साथ ही चाँदी की पायल और चूड़ी भी। इसलिए जुगनू ने खेत में जाकर दस और पेड़ कटवा दिये। पेड़ कटवाकर वह हँसते हुए बोला ''मैं तो कहता हूँ ऐसा मूर्ख दोस्त सबको मिले।'' अब जब भी जुगनू को पैसों की जरूरत पड़ती, तो वह जीतू के खेतों में जाकर पेड़ कटवा देता था। इस प्रकार एक-एक पेड़ कटते रहे और जीतू का पाप्लर का खेत खाली होता चला गया।

एक महीने बाद जीतू वापस अपने गाँव आया। उसने

अपनी पत्नी से कहा ''यशोदा, खाना खाकर मैं खेत पर जाना चाहता हूँ, मुझे गाँव में अपने लम्बे-लम्बे पाप्लर बहुत याद आते थे, अब उन्हें देखना चाहता हूँ।''

''मैं समझ सकती हूँ जी! आपने इतने सालों उनकी सेवा की है... आठ साल में एक भी दिन ऐसा नहीं, जब आप खेतों में न गये हों... लेकिन अभी एक महीने से आप अपने खेतों के दर्शन नहीं कर पाये; सचमुच आपको जाना चाहिए... मैं अभी आपको खाना परोस देती हूँ।''

जीतू जल्दी-जल्दी उबले चावल खाकर खेतों की ओर चल दिया। खेतों में पहुँचा तो वह अपनी जमीन पहचान न पाया 'अरे! यह क्या, यह कहाँ आ गया मैं... लेकिन बाहर सड़क से यह छोटी गली तो मेरे खेत को ही मुड़ती है।' उसने सोचा! वहीं खेत के पास दूसरे खेत में प्रसाद भाई अपने खेतों में जुताई कर रहे थे। जीतू को देख उन्होंने आवाज लगाते हुए कहा ''अरे जीतू तू आ गया... भाई, तेरे जिगरी दोस्त जुगनू ने धीरे-धीरे तेरे सारे पाप्लर बेच दिये और मेरे मना करने पर उसने मेरे साथ मार-पिटाई भी की।''

''यह क्या कह रहे हो; जुगनू ने ऐसा किया!''

''हाँ जीतू, सच कह रहा हूँ।''

जीतू को अपने दोस्त पर बहुत ज्यादा विश्वास था,

लेकिन जुगनू की गद्दारी ने उसका दिल तोड़ दिया था। वह गुस्से से लाल हो जुगनू के घर गया, तो जुगनू उसे यूँ अचानक देखकर चौंक गया। जीतू की बरसों की मेहनत बरबाद हो गयी थी और ऐसा करने का कारण पूछने पर जुगनू ने उसे घर से निकल जाने को कहा। जुगनू के रूखे व्यहवार से जीतू समझ गया कि जुगनू दोषी है लेकिन उसे अपनी गलती का जरा भी पछतावा नहीं है। गद्दार दोस्त पर इतना विश्वास करने की सजा उसे मिल गयी थी। बीवी की समझायी बात उसे अब याद आ रही थी... लेकिन अब तो सब कुछ ख़त्म हो गया था, इसलिए उसने अपने गद्दार दोस्त को रोते हुए कहा ''मैं तो कहता हूँ ऐसा लालची दोस्त कभी किसी को न मिले।

नंदू और गोपा

नंदू के पास 'गोपा' नाम की एक गाय थी। गोपा सुनहरे रंग की सुंदर गाय थी, जो खूब मीठा दूध देती थी। वह एक ही बार में इतना दूध देती थी जिसे वह पूरे गाँव भर में बाँट सकता था। गाँव वालों को किसी दूसरे गाँव में दूध लेने नहीं जाना पड़ता था। एक वर्ष जब गोपा ने एक बछड़े को जन्म दिया था तो उसकी दूध देने की क्षमता बढ़ गयी थी, इस कारण नंदू ने सोचा 'गोपा' आजकल खूब दूध देती है, क्यों न उसका मीठा दूध दूसरे गाँव में भी बाँट आऊँ, ऐसा करने से मुझे अधिक पैसे मिल जाएँगे और

दूसरे गाँव में भी मेरा खूब नाम हो जाएगा। मेरी कमाई और वाहवाही भी दुगनी हो जाएगी... और वैसे भी गोपा कितना खाती है, उसके खाने-पीने में ही मेरी आधी कमाई निकल जाती है।

अगली सुबह जब गोपा अपने बछड़े को दूध पिला रही थी तो नंदू उसके समीप आया और बोला ''गोपा, तेरा दूध यहाँ गाँव भर में सबको बहुत पसंद है, मैं सोचता हूँ क्यों न तेरा दूध अब दूसरे गाँव में भी बेच दूँ।'' इतना कह नंदू ने बछड़े को उठा दूसरी तरफ रख दिया और कुछ घास-फूस खाने को डाल दिया तथा गोपा के नीचे बाल्टी लगा दूध निकालने लगा।

नंदू का ऐसा करना गोपा को बिलकुल अच्छा नहीं लगा। अपने बछड़े को भूखा देख उसने सोचा मालिक के जाने के बाद बछड़े को दूध पिलाऊँगी। लेकिन नंदू ने गोपा का सारा दूध निकाल लिया था जिसके कारण गोपा बछड़े को दूध न पिला पायी।

नंदू के दूध ले जाने पर वह सोचने लगी कि 'यह मेरा मालिक भी बड़ा अजीब है; मैं सदा इसको अपना मीठा दूध पिलाती आई हूँ और यह मेरे बच्चे के लिए ज़रा भी दूध नहीं छोड़ता।' शाम को भी नंदू आया और फिर दूध निकालकर चला गया। यह देख गोपा अब दुःखी हो गई। उसने अब ठान लिया कि वह अपने बच्चे को इस प्रकार

भूखा न रहने देगी। अगली सुबह जब नंदू दूध निकालने आया तो गोपा ने नंदू को तेज से एक दुलत्ती जड़ दी, जिसके कारण नंदू दूर जा गिरा और इस कारण उसे काफी चोट भी आयी। चोट खाकर नंदू गुस्से से लाल-पीला हो गया, लेकिन वह उस समय कुछ कर न पाया।

"अगले दिन आऊँगा और दूध निकाल लूँगा; लगता है आज गोपा ठीक नहीं है इसलिए ऐसा कर रही है।" इतना कह नंदू वहाँ से चला गया।

अगली सुबह भी गोपा, नंदू को डुलत्ती देने को तैयार थी! नंदू समझ गया कि गोपा अभी दूध न देगी और जबरदस्ती किया तो दोबारा दुलत्ती पड़ जाएगी। नंदू दूध न निकाल पाया था जिसके कारण गोपा के बछड़े ने उस दिन खूब दूध पिया। अपने बच्चे को भरपेट दूध पीता देख गोपा खुश थी।

अगले दिन नंदू फिर दूध निकालने आया। गोपा पहले से ही तैयार थी। इस बार तो उसने पहले से भी तेज दुलत्ती नंदू को जड़ दी, जिसके कारण नंदू की हड्डी-पसली टूट गयी। नंदू समझ गया गोपा उसे अब दूध न देगी इसलिए उसने गुस्से से गोपा के पास में रखी एक डण्डी बरसा दी, जिसके कारण गोपा और उसका बच्चा वहाँ से भाग खड़ा हुए।

नंदू ने सोचा, गोपा मेरी पुरानी गाय है बाहर कुछ खाने

को न मिलेगा तो खुद पर खुद लौट आएगी। लेकिन दो रोज बीत गये थे, न गोपा आई और न उसका बछड़ा। गोपा के घर से जाने के बाद अब नंदू के पास गाँव भर में देने के लिए दूध न था। दूध की सप्लाई ना होने के कारण उसके पास अब पैसे न थे। तभी किसी ने बताया कि गाँव में दूसरा दूध वाला आ गया है, जिसका दूध गोपा के दूध जैसा ही मीठा है।

एक दिन जब वह दूध वाला गाँव भर में मीठा दूध बेच रहा था तो नंदू ने उससे थोड़ा दूध पीने की इच्छा जतायी। उसे वह दूध गोपा के दूध जैसा ही प्रतीत हुआ। नंदू को शक हुआ की जरूर इस आदमी के पास मेरी गाय है। उसने अपनी गाय का पता लगाने के लिए दूध वाले से कहा ''यह दूध, यह दूध तो बहुत ही मीठा है, कहाँ से लाये हो?'

''अरे भैया, मेरे पास एक सुनहरी गाय है, जो मीठा दूध देती है; इतना मीठा कि शक्कर की भी ज़रूरत न पड़े।'' दूध वाले ने कहा।

'सचमुच?' नंदू ने पूछा।

हाँ हाँ भाई, क्या तुम्हें कोई शक है?

अरे नहीं, बस उस सुनहरी गाय को देखना चाहता हूँ।

हाँ हाँ चलो मैं अब घर ही जा रहा हूँ।

धनीराम दूध वाले के कहने पर नंदू उसके साथ चल दिया। आखिर वह उस गाय को देखना चाहता था जो गोपा जैसा स्वादिष्ट दूध देती थी। धनीराम, नंदू को अपने साथ घर ले आया। वहाँ नंदू ने देखा कि गोपा खूँटे से बँधी है और पास में उसका बछड़ा भी बैठा है, जो बड़े मजे से माँ का दूध पी रहा है। गोपा को देख नंदू बोला ''गोपा तुम भागकर यहाँ चली आई, क्यों? मैंने तेरी इतने साल सेवा की है। इतना कह वह धनीराम दूध वाले पर इल्जाम लगाते हुए बोला तो तुमने मेरी गाय चुरायी थी।''

धनीराम दूध वाले ने उत्तर दिया ''नंदू मेरे यार, गोपा, का दूध सचमुच बहुत मीठा है, मैं जब भी दूध बाटने जाता था तो सब तेरे बाँटे दूध की तारीफ करते थे। तुम भाग्यशाली हो कि इतनी अच्छी गाय की सेवा करने का अवसर तुम्हें मिला है... लेकिन दोस्त, गोपा अब अकेली न है, उसका एक बच्चा भी है; यदि तुम गोपा के बच्चे के लिए उसी प्रकार सोचते जिस प्रकार अपने बच्चे के लिए सोचते हो तो शायद गोपा तुम्हें कभी छोड़कर न जाती। यह दूध जो गोपा हमें देती है उस पर सबसे पहले उसके बच्चे का अधिकार है। लेकिन हम मनुष्य बहुत स्वार्थी हैं और नंदू तुम स्वार्थ में इतने अंधे हो गए हो के इस बछड़े को बिल्कुल ही नजर अंदाज कर चुके हो। धनीराम की बातें नंदू को समझ आने लगीं। वह जान गया था कि जाने-अनजाने में उसने गोपा के साथ अन्याय कर दिया था। वही

गोपा जो उसकी शान थी, वही गोपा जिसके कारण वह अपना घर चलाता था; ज़्यादा पैसे कमाने के चक्कर में आकर वह उसका सारा दूध निकाल लेता था, जिस पर केवल उसके मासूम बच्चे का अधिकार था। धनीराम की बातों से प्रभावित होकर नंदू ने गोपा से क्षमा माँगी और धनीराम से विनती कर वह गोपा को अपने साथ वापस घर ले आया। नंदू ने गोपा को खूब हरी-भरी घास खाने को दी। गोपा ने इस बार भी खूब दूध दिया। अब नंदू केवल उतना ही दूध निकालता जितनी आवश्यकता होती और बाकी दूध मासूम बछड़े के लिए छोड़ देता था। नंदू के बदले स्वभाव को देख गोपा भी खुश हो गयी थी।

चम्पा को मिला सबक

गर्मी की छुट्टियाँ हो चली थीं। चम्पा ने माँ से नानी के घर जाने की जिद की। चम्पा की जिद पर माँ ने कहा "बेटी, भैया के स्कूल अभी कुछ और दिन चलेंगे इसलिए फिलहाल मैं नानी के घर जाने का बिलकुल नहीं सोच सकती हूँ।''

"तो क्या भैया की वजह से मैं भी अब कही नहीं जाऊँगी? माँ, ऐसे तो मेरी छुट्टियाँ खराब हो जाएँगी। अगर हम नानी के घर जाते तो हर बार की तरह खूब मस्ती करते।'' चम्पा ने उदास स्वर में माँ से कहा।

"हाँ, सो तो है चम्पा, इसलिए मैंने कल तुम्हारे किशोर मामा जी को तुम्हें लेने के लिए बुलवा लिया है; मैंने तुम्हारा बस्ता भी तैयार कर दिया है। गर्मी की छुट्टियों में मैं तुम्हारे पास नहीं होऊँगी पर नानी तुम्हारा बहुत खयाल रखेंगी मुझे इस बात का पूरा विश्वास है।"

चम्पा हमेशा गर्मी की छुट्टियो में माँ और भाई के साथ ननिहाल जाती थी, लेकिन इस बार वह अकेली जा रही थी इसलिए माँ ने उसे अच्छे से ननिहाल में रहने को कहा।

नानी के घर में पीछे खुली जगह थी जहाँ नानी ने एक आम का पेड़ लगाया था, जो अब एक विशाल पेड़ बन गया था, जिस पर काफी आम लग जाते थे। एक दोपहर नानी कच्चे आम को धोकर काट रही थी तो चम्पा ने पूछा "नानी आप यहाँ बैठकर क्या कर रही हैं?"

चम्पा, तुम्हारे मुकेश मामा ने कच्चे आम तोड़े हैं, मैं उनको काटकर धूप लगाने के लिए डालूँगी।"

"कच्चे आम... नानी यह तो खट्टे होंगे?"

हाँ, खट्टे तो होंगे, लेकिन कच्चे आम का अपना अलग ही मजा है और इसे कई प्रकार से खाया जा सकता है... आम पन्ना, आम पापड़, आम की चटनी, अचार इत्यादि।

"नानीजी मजा तो पक्के आम खाने में है, कच्चे आम में कहाँ है।"

"हाँ चम्पा वह तो ठीक है, लेकिन अब पेड़ के निचले हिस्से में पके आम बचे कहाँ हैं और ऊपर की तरफ मेरा हाथ न जाएगा और पेड़ पर चढ़ना मेरे बस की बात नहीं है।"

"तो नानी, क्या मैं पेड़ पर चढ़ जाऊँ?"

"नहीं नहीं, बिलकुल नहीं, तुम छोटी हो गिर जाओगी, चोट लग जाएगी, बिलकुल नहीं; पेड़ पर बिलकुल नहीं चढ़ना।" नानी ने चम्पा को डाँटते हुए कहा।

नानी के मना करने पर भी चम्पा ने मन ही मन ठान लिया था कि वह पेड़ के ऊपरी तरफ लगे आम ज़रूर तोड़ेगी और एक दिन मौका देख चम्पा आम तोड़ने के लिए पेड़ पर चढ़ गयी। लेकिन जैसे ही उसने पेड़ की एक बड़ी-सी शाखा पर पैर रखा तो उसे मधुमक्खी का छत्ता दिखाई दिया। चम्पा ने पहले कभी मधुमक्खी का छत्ता नहीं देखा था इसलिए उस छत्ते को देख वह सोच में पड़ गयी कि आखिर यह अजीब-सी दिखने वाली चीज क्या है? वह झटपट पेड़ से कूद नानी के पास भागी और बोली "नानी, इधर आओ बाहर, आँगन में तुम्हें कुछ दिखाना है।"

''अरे क्या दिखाना चाहती है, चम्पा क्या है बाहर?'' नानी ने पूछा।

''नानी बाहर तो आओ तभी तो दिखाऊँगी।'' चम्पा नानी का हाथ पकड़कर आँगन में ले आई और पेड़ की ओर इशारा करती हुई बोली ''देखो तो नानी, वह कितनी अजीब-सी चीज है उस पेड़ की शाखा पर।''

''कहाँ चम्पा ,क्या है वहाँ?

''देखो न नानी उस शाखा पर कुछ अजीब-सा।''

''अजीब; नहीं तो यह तो मधुमक्खियों का एक छोटा-सा छत्ता है।''

''मधुमक्खी? मतलब हनी बी?'' चम्पा ने दोहराया।

''हाँ हाँ।'' नानी ने कहा।

''मैंने सुना है हनी बी हमारे लिए शहद बनाती है; क्या सचमुच नानी?''

''हाँ चम्पा, मधुमक्खी शहद बनाती है।''

नानी ने उतावली चम्पा से कहा।

''तो क्या यह हनी बी भी? क्या यही होता है मधुमक्खियों का छत्ता?''

''नानी, मधुमक्खी शहद कैसे बनाती है?

‘‘चम्पा, मधुमक्खियाँ रंग-बिरंगे फूलों पर बैठकर उसका रस चूसती हैं और फिर वह रस उनके मुँह की लार में मिलकर शहद बनता है जो बहुत ही पौष्टिक होता है और इसके विभिन्न प्रयोग हैं, खाने से लेकर सौंदर्य तक और इतना ही नहीं, इसके अनेक औषधीय गुण भी हैं।’’

‘‘नानी, तो इसमें बहुत सारा शहद होगा न?’’

‘‘हाँ, लेकिन यह तो छोटा-सा छत्ता है; कुछ महीनो में यह छोटा-सा छत्ता अगर यूँ ही यहाँ लगा रहा तो बड़ा हो जाएगा। अच्छा अब अंदर चलो और हाँ, इस छत्ते के पास नहीं जाना, यहाँ असंख्य मक्खियाँ होंगी जो खतरनाक साबित हो सकती हैं।’’

नानी ने मक्खियों के पास जाने से मना तो कर दिया था, लेकिन चम्पा के मन में तो उस छत्ते को लेकर उत्सुकता बढ़ती जा रही थी। वह अक्सर उसे देखती रहती। मधुमक्खियों का छत्ता देखते ही देखते बड़ा होता जा रहा था। वह रोज सोचती थी कि पेड़ पर चढ़कर मधुमक्खियों को शहद बनाते देखूँगी और फिर उनसे थोड़ा-सा शहद माँग लूँगी। वह मीठा शहद बड़ा ही मजेदार होगा।

एक दोपहर जब नानी कच्चे आम (जिसे उन्होंने अचार बनाने के लिए रखा था) को धूप लगा थक गयी थीं तो उन्होंने थोड़ा आराम करने की सोची। वह चारपाई पर कुछ देर पड़ गयीं, लेकिन आँखें मूँदते ही वह सो गयी थीं।

उसी समय चम्पा आम के पेड़ पर चढ़ गयी। उसी पेड़ की शाखा पर, जहाँ वह छत्ता लगा था। चम्पा जैसे ही छत्ते के पास पहुँची तो छत्ते पर मँडराती मक्खियों में से एक मधुमक्खी ने उसके माथे पर डंक मार दिया। मक्खी का डंक बहुत तेज था, जिसके कारण चम्पा तिलमिला गयी और अनजाने में उसका हाथ छत्ते पर जा लगा। हाथ लगने से मक्खियों का छत्ता नीचे गिर गया और उसमें से सैकड़ों मक्खियाँ इधर-उधर उड़ने लगीं और कुछ ने तो चम्पा पर धावा बोल दिया। इतनी सारी मक्खियों ने चम्पा को पूरे शरीर पर डंक मार दिया, जिसके कारण वह पेड़ से नीचे फिसल गयी और काफी चोट खा बैठी तथा तड़प-तड़प के रोने चिल्लाने लगी। चम्पा के रोने की आवाज सुनकर नानी आँगन में आयीं और अपनी प्यारी चम्पा का ऐसा हाल देख चौंक गयी। वह ज़रा देर भी न रुकीं और चम्पा को उठा वह अस्पताल दौड़ीं। अस्पताल में डॉक्टर ने चम्पा के दर्द को कम करने के लिए सुई लगायी।

मक्खियों के डंक और डॉक्टर की सुई से चम्पा अब इतना डर गयी कि उसने फिर कभी भी किसी पेड़ पर न चढ़ने की कसम खा ली। चम्पा के घर आने पर नानी ने उसे बताया कि मधुमक्खियाँ बहुत ही जहरीली होती हैं और यदि कोई उन के छत्ते के पास जाता है तो अपने डंक से धावा बोल स्वयम की रक्षा करती हैं।

''चम्पा, शहद निकालना एक प्रक्रिया है, इसे

निकालने के लिए कुछ बातों का विशेष ध्यान रखना पड़ता है।''

''कैसी प्रक्रिया नानी?''

''शहद निकालने वाला पहले कम्बल से खुद को ढककर छत्ते पर आग लगाता है... आग लगाने से मक्खियाँ डरकर भाग जाती हैं और फिर छत्ते को आसानी से तोड़ा जाता है। फिर शहद निकाला जाता है और उसे छाना जाता है। यदि उसे सही प्रक्रिया से न निकाला जाए तो बड़ी घटना साबित हो सकती है, जैसा कि तुम्हारे साथ हुआ। नानी की बात चम्पा को भली प्रकार समझ आ गयी और अब चम्पा ने कभी भी छत्ते के पास न जाने की कसम खा ली थी।

अंजाना स्पर्श

सौरभ, मैं देख रही हूँ तुम कुछ दिनों से बड़े परेशान हो; क्या हुआ भाई किस परेशानी में हो? आभा छोटे भाई को कई दिनों से परेशान देख रही थी इसलिए सवाल कर बैठी।

आभा के सवाल पूछने पर सौरभ बोला "आभा दीदी, क्या आप भूत-प्रेत या आत्मा इनमें से किसी पर विश्वास रखती हैं?"

"भूत-प्रेत? अरे सौरभ, इस प्रकार अचानक से यह

सब?'' आभा ने पूछा।

''बोलो न दीदी, क्या आप यह सब मानती हैं?''

''कभी कभी लोगों के मुँह से इस प्रकार के शब्द सुने तो बहुत हैं, हाँ लेकिन कभी वास्ता नहीं हुआ।'' आभा हँसते हुए बोली।

''दीदी, क्या आप भगवान को मानती हैं?''

''हाँ भाई, मैं भगवान के प्रति सबसे ज़्यादा आस्था रखती हूँ।''

''तो क्या दीदी आप भगवान से मिली हैं?''

''नहीं तो, भगवान तो केवल एक विश्वास है।''

''तो दीदी जब आप ने भगवान को नहीं देखा तो विश्वास कैसे?''

''अरे क्या कहना चाहते हो सौरभ?''

''दीदी समझा रहा हूँ; जिस प्रकार आपने भगवान नहीं देखे, लेकिन फिर भी विश्वास है, उस तरह भूत भी तो...''

''अरे चुप करो सौरभ और क्या भूत-प्रेत और क्या विश्वास दिलाना चाहते हो?''

''दीदी पता नहीं क्यों मुझे अक्सर रात को ऐसा लगता है जैसे किसी ने मेरे पैर पर हाथ मारा हो और ऐसा कर मुझे

जगाया हो... लेकिन जब मैं उठकर देखता हूँ तो आस-पास कुछ भी नहीं होता है।''

''अच्छा ऐसा है तो तुमने किसी को बताया क्यों नहीं?''

''बता तो रहा हूँ दीदी आपको।''

''सौरभ ऐसा कुछ नहीं होता है, यह सब केवल इंसानों की बनायी बातें हैं और आज के जमाने में इंसानों के रहने की तो जगह नहीं, फिर यहाँ बेचारे भूत-प्रेत कैसे रह पाएँगे।'' आभा ईश्वर पर बहुत आस्था रखती थी, लेकिन भूत-प्रेत पर ज़रा भी नहीं... इसलिए जब छोटा भाई सौरभ अपने साथ घटित घटना का जिक्र कर रहा था तो वह उसकी बातों को केवल हँसी में उड़ा रही थी।

रात दस बजे

''दीदी, आप आज यहीं चारपाई लगाकर सो जाओ।'' सौरभ ने कहा।

''अरे नहीं, बिलकुल नहीं; मुझे रात को पढ़ाई करनी होती है, दिन भर तो इतना काम होता है, लेकिन रात का ही समय ऐसा होता है जब मैं अच्छा ध्यान लगाकर पढ़ाई कर पाती हूँ और मुझे तुम्हारी फालतू बातों के कारण अपना समय बर्बाद नहीं करना है... वैसे भी यह भूत कुछ नहीं होता और अगर होता भी है तो मैं क्या कर लूँगी।'' इस

प्रकार की बातें कर आभा, सौरभ को टालकर दूसरे कमरे में जा बैठी।

आभा के जाते ही सौरभ बिस्तर पर चादर डालकर पड़ गया, लेकिन वह बहुत डरा हुआ था। जैसे अभी कोई भूत उसका इंतजार कर रहा है। उस अजनबी स्पर्श के बारे में सोचते-सोचते सौरभ को थोड़ी नींद आने लगी। वह कभी पलक झपकाता तो कभी करवट बदलता... लेकिन इस प्रकार वह कब तक अपना डर भगाता। अभी हल्की-सी नींद आयी थी कि उसे थोड़ी ठण्ढ लगने लगी। सौरभ पास में रखी रजाई लपेट सोने लगा कि अचानक उसे ऐसा प्रतीत हुआ जैसे किसी ने उसके तलवे पर गुदगुदी कर दी हो जिसके कारण वह हड़बड़ाकर उठा, पर उसे कोई दिखाई नहीं दिया।

तो क्या यह भूत था, जो ऐसा कर रहा था?

उसका दोस्त सुखबीर अक्सर स्कूल में भूतों के किस्से सुनाकर सौरभ को डराता था। वह तो यही कहता था कि ज़रूर कोई आत्मा उसका पीछा कर रही है, तभी रात को आकर उसे यूँ बेचैन करती है। सौरभ यह सब सोच पसीने से लथपथ हो रहा था और डर के कारण वह बिस्तर से हिल भी नहीं रहा था। कुछ दो दिन पहले तो उसे कुछ आवाज़ें भी सुनाई दी थीं। सौरभ के कमरे की खिड़की का शीशा, खेलते वक्त कुछ बच्चों की बॉल से टूट गया था। रात को

वह टूटी खिड़की बहुत भयानक लगती थी। सौरभ ने इसका ज़िक्र दीदी से किया था, लेकिन आभा पैसे न होने के कारण नया शीशा न लगवा पाती थी। डर के कारण सौरभ रात को बत्ती जलाकर सोता था, लेकिन दीदी कुछ देर बाद बत्ती बुझा जाती थीं और बत्ती बुझ जाने के बाद एक अंजाना-सा स्पर्श उसे पिछले कुछ दिनों से डरा रहा था। डरे-सहमे सौरभ ने जैसे-तैसे वह रात निकाल ली थी। सुबह जब रोशनी दिखाई दी तो उसे रजाई की गर्माहट में नींद आने लगी। सुबह हो गयी थी, लेकिन रात ठीक से ना सोने के कारण उसे अब सवेरे बहुत तेज नींद आ रही थी। आभा सवेरे सैर पर जाती थी तो अक्सर सौरभ को उठाकर ही घर से निकलती थी। रोज की तरह ही वह कमरे में आयी और बोली ''छोटे, यह क्या तू अभी भी सो रहा है; चल जल्दी उठ जा।'' आभा के आवाज लगाने पर भी सौरभ नहीं जागा। अक्सर सुबह आभा की बातों पर यही दिखाता था कि मानो अभी उसे बहुत नींद आयी है, लेकिन आज तो वह सचमुच सोना चाहता था। घण्टे भर बाद जब आभा वापस आयी तो सौरभ तब भी सोया था जिसे देख आभा गुस्से से बोली ''सौरभ, यह क्या तू अभी तक सोया है; रातभर कोई जागरण किया है क्या... अब जल्दी उठ जाओ।''

''दीदी, मैं बीती रात ठीक से नहीं सो पाया था और इसलिए मैं आज स्कूल भी नहीं जाऊँगा।'' सौरभ ने आँखें

मलते हुए कहा।

''स्कूल तो रोज जाना चाहिए; स्कूल नहीं जाओगे तो पढ़ाई में पीछे रह जाओगे, तुम स्कूल से आकर दोपहर कुछ देर झपका लेना।''

सौरभ स्कूल नही जाना चाहता था, क्योंकि वहाँ उसका दोस्त सुखबीर उसे डरावने किस्से सुनाकर डराता था और अब तो वह खुद रात को किसी अनजाने से स्पर्श को महसूस कर रहा था, इसलिए सुखबीर की मनगढन्त कहानियों पर भी वह आसानी से विश्वास कर लेता था।

बीते दिन ही उसने बताया था कि जब उसकी माँ, दादा-दादी के पुराने मकान में जाती थी तो अक्सर उसे एक बुढ़िया दिखाई देती थी, सफेद बालों वाली, सफेद साड़ी पहने।

''अरे चुप कर सुखबीर, मुझे डराना बंद कर, दीदी कहती है कि यह भूत-प्रेत कुछ नहीं होता है, तू तो यूँ ही बातें बनाता है और मुझे डराता है

''अच्छा तो चल मेरे साथ मेरी दादी के गाँव मैं तुझे वहाँ भूत से मिलवा देता हूँ।''

''अरे नहीं, मुझे इसमें कोई दिलचस्पी नहीं है।''

''क्यों डरपोक डर गया?'' सुखबीर मजाक बनाते हुए बोला।

इतने में मास्टर आ गये और सभी बच्चे अपनी जगह जा बैठे। क्लास में मास्टर बच्चों को पढ़ाने लगे, लेकिन सौरभ, सुखबीर की बातें और रात के एक अजीब-से स्पर्श के बारे में सोचकर परेशान हो रहा था। स्कूल से आते ही वह थकान के कारण तुरंत सो गया।

धीरे-धीरे दिन समाप्त हो रहा था और रात आने वाली थी।

सौरभ बोला ''दीदी आज मैं आपके साथ ही सोऊँगा, क्योंकि मुझे रात को कोई भूत डराता है।'' आभा ने फिर उसकी बात को हल्के में लेते हुए कहा ''कितनी दफा समझाऊँ भाई ऐसा कुछ नहीं होता, यह तेरा वहम है और कुछ नही।''

सौरभ दोपहर में सो गया था और अब उसे रात को नींद आना सम्भव नहीं हो रहा था। वह बिस्तर पर लेटा, सामने की टूटी खिड़की को देख रहा था जिस पर पेड़ों की परछाई पड़ रही थी। हवा के कारण बाहर पेड़ों के पत्ते हिल रहे थे और चाँदनी रात के कारण हल्की रोशनी घर के भीतर आ रही थी, जिसमें पेड़ की परछाई कभी बड़ी हो जाती थी और कभी छोटी। सौरभ करवट बदलता तो कभी आँख मीच लेता था। पिछली रात की तरह आज रात भी उसने जागकर ही बितायी थी। अगली सुबह उसने दीदी से कोई बात न की। आभा के बात करने पर भी उसने कोई

उत्तर न दिया। पूरा दिन बीत गया, शाम भी ढल गयी। रात के नौ बज रहे थे। अब आभा को सौरभ की खामोशी अच्छी नहीं लग रही थी। घर में दो ही बंदे थे और दोनों ने सुबह से कुछ कहा-सुना ही नहीं था। सौरभ ने तो रात का खाना भी नहीं खाया था। खाने की परोसी थाली वैसी की वैसी ही थी, जिसे देख आभा गुस्से से बोली ''सौरभ, यह क्या, न कोई बात न कोई जवाब और न ही खाना...।''

आभा के इस सवाल का उत्तर देते हुए सौरभ बोला ''दीदी, जब आप मुझे प्यार नहीं करती हैं तो मेरे खाने न खाने से आपको क्या फर्क पड़ेगा?''

''क्यों सौरभ, ऐसा क्यों कह रहे हो?''

''हाँ दीदी, अगर आप मुझसे प्यार करतीं तो मुझे यूँ अकेला कभी न छोड़तीं।''

सौरभ कई दिनों से परेशान था और उसे प्यार करने वाली दीदी उसकी परेशानी पर ध्यान न दे रही थीं।

आज जब सौरभ ने अपनी नाराज़गी आभा से व्यक्त की तो उसे समझ आया कि सौरभ सचमुच किसी बड़ी परेशानी में है और इसलिए उसने मन ही मन सौरभ की इस परेशानी का कोई हल निकालने का विचार कर लिया। जब तक सौरभ की नींद गहरी नहीं हुई, आभा उसके पास बैठी रही और फिर उसके सोने के कुछ देर बाद बत्ती

बुझाकर कमरे के बाहर आकर खड़ी रही, लेकिन उसे कोई भूत नहीं दिखाई दिया।

"सौरभ भी अजीब है।" इतना कह आभा कमरे की और बढ़ने लगी कि तभी सौरभ के हड़बड़ाकर चीखने की आवाज आयी। सौरभ डर के कारण बिस्तर से न उठा, क्योंकि सुखबीर ने कहा था अगर भूत के सामने भागोगे तो वह तुम्हें तुरंत मार डालेगा। इतनी ही देर में दीदी अंदर आ गयीं। कमरे की बत्ती जलाई तो डरा सौरभ बिस्तर से नीचे उतर गया।

"दीदी आपने देखा वह भूत?" डरे सौरभ ने पूछा।

आभा ने बिस्तर पर कुछ हरकत होती देखी। वह समझ गयी कि कम्बल में कुछ गड़बड़ है। उसने तुरंत कम्बल उठाया तो दोनों हैरान हो गये।

"दीदी, यह क्या बिल्ली का बच्चा!" सौरभ बोला।

आभा बिल्ली को देख हँसने लगी और हँसते-हँसते बोली "छोटे, कितना मासूम भूत है देख तो।"

"दीदी यह बिल्ली...।"

"हाँ बिल्ली, भूत-प्रेत नहीं है।"

"तो क्या दीदी, यह एक छोटा-सा बिल्ली का बच्चा था जो मुझे डराता था?"

''सौरभ, लगता है बाहर ठण्ढ होने के कारण यह यहाँ कमरे में तुम्हारी रजाई के भीतर आकर बैठ जाता होगा और यह टूटी खिड़की ही इसके आने-जाने का रास्ता रही होगी।

''नहीं आभा दीदी मुझे नहीं लगता, क्योंकि मैंने तो कुछ आवाजें भी सुनीं है।''

''सुनी होगी सौरभ, बिल्ली का बच्चा खिसिया भी तो सकता है।''

''आभा दीदी आप सही कहती हैं, यह भूत-प्रेत कुछ नहीं होते।''

''हाँ सौरभ सच में; यह तो तेरे दोस्त सुखबीर ने तेरे को डराने के लिए बातें बनायी है।'' दीदी के द्वारा सच सामने लाने से सौरभ को समझ आ गया कि दीदी सही कहती हैं, यह भूत-प्रेत केवल कहानियों में होते हैं और केवल लोगों की भ्रांति है और वहाँ कमरे में कोई भूत-प्रेत नहीं, केवल उसका वहम था। उस दिन के बाद से अब सौरभ को सुखबीर की बातें केवल मनोरंजन वाली कहानियाँ लगती थीं और वह बिल्ली का बच्चा अक्सर ठण्ढ में कमरे के भीतर आ जाता था। अब सौरभ उससे डरने के बजाय दूध पिला देता था। इस प्रकार भाई का डर दूर हो जाने से आभा भी खुश हो गयी।